CW01279020

La voie du Tantra

Ajit Mookerjee
Madhu Khanna

La voie du Tantra

Art – Science – Rituel

TRADUIT DE L'ANGLAIS
PAR VINCENT BARDET

Éditions du Seuil

Collection dirigée par
Vincent Bardet et Jean-Louis Schlegel

La première édition en langue française de cet ouvrage a été publiée, avec des illustrations, en 1978 aux Éditions du Seuil.
La présente édition en reprend le texte intégral et les dessins au trait.
La bibliographie a été complétée.

Titre original : *THE TANTRIC WAY, Art, Science, Ritual*
© original : 1977, Thames & Hudson Ltd, London
ISBN édition originale brochée 0-500-27088-0
ISBN édition originale reliée 0-500-01172-9

ISBN 2-02-059687-3
(ISBN 1re publication, 2-02-004749-7 édition brochée
et 2-02-004750-0 édition reliée)

www.seuil.com

Au Dr Manfred Wurr,
sur le sentier tantrique.

Note pour la lecture des termes sanscrits :

Prononciation : La voyelle *u* se prononce *ou*, ex. : *guru.*
Accentuation : Il existe quatre sortes d'accents :
1. Sur les voyelles. Ex. *sādhaka, Kālī*, accent tonique, allonge la voyelle.
2. Accompagnant les consonnes : *a*) sur le *s*, ex. : *Śiva*, se prononce ch. *b*) sur le *n*, ex. *ājñā*, se prononce ny comme dans « canyon ». *c*) sur ou sous le *n*, le *m*, le *d*, le *t*, le *r*, ex. : *prāṇāyama, Kuṇḍalinī, Oṃ, Phaṭ, liṅga*, se prononce avec une résonance nasale. (NdT.)

Préface

En cette ère spatiale, où une multitude de personnes s'efforcent de comprendre la relation qui unit l'être humain et le cosmos, l'étude de la doctrine tantrique et de son application pratique est particulièrement riche de sens. Un grand enthousiasme s'est développé depuis quelques années en faveur du tantra, de son appel opportun et universel. En réponse à cet intérêt grandissant et au désir d'une plus ample connaissance du tantra, cet ouvrage donne au lecteur un aperçu de ce phénomène et des manifestations qui y sont liées dans les domaines de l'art, de la science, et du rituel. *La Voie du Tantra*, qui est avant tout l'exposé d'une méthode pratique, propose une conception anthropologique élargie, permettant à l'individu de remonter de façon créatrice aux sources de sa vie physique, moyennant la traversée d'un système englobant, où la pratique théorique n'est pas séparable du recours à des techniques expérimentales. Ce livre ne doit donc pas être considéré comme un traité doctrinal, mais comme l'amorce d'une nouvelle vision des choses. Si nos lecteurs se sentent encouragés à explorer plus profondément le tantra et à l'assimiler dans son ensemble, ce qui commence toujours par un travail sur soi-même, l'ouvrage aura atteint son but.

Nous avons une dette de gratitude envers le Dr Wurr, qui a facilité nos recherches, en en assurant le financement, la direction, et le soutien, sans lesquels ce travail n'aurait jamais pu être mené à bien ; à Michael Paula et au Wissenschaftlicher Verlag Altmann GmbH, Hambourg, pour leur coopération et leurs encouragements ; à Hans Ulrich Ricker, qui a relu le manuscrit ; et enfin au Dr Sanjukta Gupta, qui a fait de nombreuses et utiles suggestions au sujet des mantras en sanscrit.

Introduction

Le tantra est un mystère créateur qui nous conduit à transmuter sans cesse davantage nos actions en conscience intérieure : non pas en arrêtant d'agir, mais en transformant nos actes en évolution créatrice. Le tantra présente une synthèse de l'esprit et de la matière qui permet à l'être humain de réaliser pleinement ses potentialités spirituelles et matérielles. Le renoncement, le détachement et l'ascétisme par quoi l'individu peut se libérer des servitudes de l'existence, et retrouver son identité originelle avec la source de l'univers, ne sont pas la voie du tantra. En fait, celui-ci adopte l'attitude opposée : non pas un retrait de la vie, mais l'acceptation la plus entière possible de nos désirs, de nos sentiments, et des situations que nous rencontrons en tant qu'êtres humains.

Le tantra a suturé la coupure séparant le monde physique de la réalité intérieure, car le spirituel, pour un tantrika, contredit moins l'organique qu'il ne l'accomplit. Son but n'est pas de découvrir l'inconnu mais de réaliser le connu, car « ce qui est ici est ailleurs, et ce qui n'est pas ici n'est nulle part ». *(Vivasāra Tantra.)* Il en résulte une expérience encore plus réelle que celle du monde objectif.

Tantra est un mot sanscrit dérivé de la racine *tan*, qui évoque l'expansion. De ce point de vue, le tantra signifie la connaissance d'une méthode expérimentale systématique et scientifique, permettant une expansion de la conscience et des facultés humaines, processus au cours duquel les pouvoirs spirituels inhérents à l'individu peuvent être réalisés. Dans une moins stricte acception, le terme tantra recouvre toute espèce de texte concernant l'expansion de la conscience, même s'il n'est que lointainement, voire pas du tout, en corrélation avec la doctrine du tantra. En de tels cas, le mot est presque utilisé comme un suffixe (à l'égal du terme sanscrit śāstra) pour se référer à un traité systématique. Il importe donc de prêter attention à distinguer les écritures originales des pseudo-tantras ; des tantras comme le *Rakshasi Tantra* et beaucoup d'autres textes similaires, par exemple, ne font pas partie du corps de la doctrine. À cause de ses connotations interchangeables, le terme tantra a fait l'objet de nombreuses interprétations erronées ; on l'associe parfois à des pratiques inauthentiques, ce qui le ravale au rang d'une mode.

Il est difficile de déterminer avec exactitude l'époque à laquelle le mot tantra a commencé à être utilisé ; il n'est pas non plus possible de dater l'apparition des principes et des pratiques tantriques. On rencontre des symboles du rituel tantrique dans la culture d'Harappa (civilisation de la vallée de l'Indus, troisième millénaire avant notre ère) sous la forme de représentations de postures de yoga, et d'objets liés au culte de la Mère et de la Fertilité. La plus grande partie des assises du tantra est sans aucun doute d'origine indo-européenne, et relève de la tradition de l'Inde antique, dont elle constitue un élément. Il existe une étroite affinité entre les Tantras et les Vedas (deuxième millénaire avant notre ère) et, en effet, certains rites tantriques se fondent sur des pratiques védiques. Dans son développement ultérieur, le tantra reçut l'empreinte des Upanishads, des Épopées et des Purāṇas, jusqu'à son plein épanouissement dans le haut Moyen Âge.

La plupart des Tantras sont anonymes ; et l'on considère qu'ils procèdent d'une inspiration divine. Nombreux et variés, ils sont nommés *Āgamas, Nigamas, Yāmalas*... Ils prennent généralement la forme pédagogique du dialogue. Le type de Tantra dans lequel Śiva s'adresse à sa compagne Pārvati, par exemple, est connu sous l'appellation de révélation *Āgama*, tandis que *Nigama* se réfère aux textes dans lesquels Pārvati s'adresse à Śiva. L'*Āgama* se compose de quatre parties : la première traite de la connaissance, ou de problèmes métaphysiques, de façon fort proche des Upanishads ; la seconde partie est consacrée au yoga ; ensuite il est question des pratiques rituelles, et, en dernier lieu, de la conduite sociale et personnelle et du tempérament de l'être humain. Les Tantras originaux peuvent être groupés en trois sections (selon la divinité protectrice de chacun) : les *Śaiva Āgamas* (Śiva), les *Vaishṇava Āgamas* (Vishṇu ou Pañcharātra), et les *Śākta Āgamas* (Śakti), à quoi il faut ajouter les *Āgamas* bouddhistes, plus récents, composés au Tibet.

On rencontre des allusions au tantrisme dans les premiers écrits hindous, jaïn et bouddhistes, mais les pratiques tantriques sont plus anciennes que les textes. On trouve des références aux tantras en général, ainsi qu'à leurs rites particuliers, dans de nombreux Purāṇas, et des ouvrages tantriques tels que *Liṅga*, *Kālika* et *Devī* furent composés comme des Purāṇas distincts. Les premiers textes tantriques codifiés datent du début de l'ère chrétienne, sinon plus tôt, et certains ont été réunis au XVIIIe et même au XIXe siècle. La littérature tantrique s'est développée sur une longue période, et aucun âge particulier ne peut lui être assigné avec certitude. Le degré d'ancienneté de chaque ouvrage doit être déterminé relativement à une preuve objective. Ainsi, par exemple, on a découvert plusieurs textes tantriques rédigés en caractères sanscrits gupta, ce qui les fait remonter à l'époque du IVe au VIe siècle ; en outre, certains manuscrits des *Śaiva Āgamas* provenant du sud de l'Inde datent du VIe siècle. Les Tantras bouddhistes sont également très anciens, et l'on peut également les faire remonter au début de l'ère chrétienne. Entre le VIIe et le XIe siècle, un certain nombre de textes tantriques furent rassemblés, et sont parvenus jusqu'à nous, en provenance de diverses sources, particulièrement les textes śaiva du Cachemire datant du IXe et du Xe siècle, et la poésie śaiva en langue tamoul, de la même période, ainsi que des sources bouddhistes et vaishnava. La secte tantrique Kulāchāra est censée avoir été fondée par les saints tantriques Nātha. Śankara lui-même (VIIIe siècle) mentionne l'existence de soixante-quatre Tantras dans son *Anandalahari*, une partie du *Saundaryalahari*. Le nombre exact de textes tantriques est difficile à déterminer avec certitude, bien que l'on parle généralement de 108. En outre, un grand nombre de commentaires et de résumés ont été rédigés en diverses régions, témoignant de la grande popularité des tantras et de leurs rituels. Au demeurant, l'influence tantrique ne s'est pas limitée à l'Inde, et l'on a la preuve que les préceptes du tantrisme ont voyagé jusqu'à diverses parties du monde, spécialement le Népal, le Tibet, la Chine, le Japon, et certaines zones de l'Asie du Sud-Est ; leur influence est également évidente dans les cultures méditerranéennes comme celles de l'Égypte et de la Crète.

Les tantrikas se répartissent en plusieurs sectes selon la divinité qu'ils vénèrent et le rituel employé. Les principales sectes sont les śaivas (adorateurs de Śiva), les vaishṇavas (adorateurs de Vishnu), et les śaktas (adorateurs de Śakti, ou énergie féminine). Ces groupes majeurs sont divisés en plusieurs sous-sectes. Les plus importants centres où prévaut encore le culte tantrique sont l'Assam, le Bengale, l'Orissa, le Maharaṣhtra, le Cachemire, les contreforts Nord-Ouest de l'Himalaya, le Radjasthan, et certaines régions de l'Inde du Sud.

Selon la légende populaire, les lieux sacrés tantriques (pīthasthānas) vinrent à l'existence lorsque Śiva dispersa les morceaux du cadavre de sa compagne Satī, ou Pārvati, qui avait été démembrée par Vishnu, en cinquante et un fragments qui tombèrent en différents endroits sur toute la surface du pays. Ces lieux devinrent des centres de pèlerinage. Beaucoup d'entre eux sont des citadelles de la tradition tantrique : le temple Kāmākshyā de Kāmrūpa, dans l'Assam, par exemple, est considéré comme le point d'atterrissage du yoni (organe féminin) de Satī, et, à ce titre, comme un centre irradiant son incommensurable pouvoir. Le culte de Śakti est très populaire chez les tantrikas, au point que l'on rattache l'essence du tantra au groupe Śakta. Peut-être est-ce la raison pour laquelle la masse des gens a identifié le tantra, en partie à tort, au culte de Śakti.

Le tantra, qui est avant tout une voie pratique de réalisation, a adopté diverses méthodes pour répondre aux besoins de différents adeptes, de conditions et de capacités multiples. Bien que le but soit le même pour tous, chacun a la liberté de suivre le sentier à sa façon. Une telle liberté ne signifie pas une simple négation des limites, mais une réalisation positive, source de joie pure, de telle sorte que la connaissance universelle devient ce qu'elle est, connaissance de soi. Dans cette optique, les tantras ont développé une structure théorique et pratique, à la fois spirituelle et physique, permettant d'accomplir les objectifs de la vie.

Sir John Woodroffe a bien répondu à une question souvent posée, savoir si le tantra est une religion ou une forme de mystique : « Le tantra, en dernier recours, est dans sa véritable nature une science encyclopédique. C'est une pratique insoucieuse des combats mondains. Il allume la torche et montre la voie, pas à pas, jusqu'à ce que le voyageur atteigne le terme du voyage [1]. » Bien que

1. Woodroffe, *Principles of Tantra*, II, p. 39.

le tantra semble au premier abord une voie mystique à soubassement métaphysique, c'est, en dernière analyse, la pratique qui sécrète la mystique, et qui fournit au chercheur une expérience vérifiable. Et tant qu'elle se fonde sur l'expérience humaine dans l'acte même de vivre comme amplification de la conscience, la méthode tantrique est une approche scientifique. Dans son sens le plus strict, le tantra n'est ni une religion ni une mystique, mais une méthode expérimentale, empirique, élaborée sous la forme d'un modèle culturel valide pour quiconque, par-delà les barrières de groupes ou de sectes.

Bien qu'elles soient dérivées des principes essentiels de la philosophie indienne, les conceptions fondamentales du tantra ne s'attachent point tant aux spéculations abstraites qu'à indiquer et expliquer les moyens corrects et les voies pratiques d'atteindre les objectifs. Le tantra s'est développé à partir des graines qui ont donné naissance à l'ensemble du système traditionnel, et il a grandi dans le courant de la pensée indienne, bien qu'au cours des âges il se soit alimenté à ses propres sources, qui n'étaient pas seulement radicalement différentes de la doctrine-mère, mais souvent hérétiques et directement opposées. De cette façon, le tantra s'est largement développé en dehors de la société établie, et, au cours d'un processus dialectique, il a acquis son propre visage. L'approche tantrique de la vie est antiascétique, antispéculative, et entièrement dépourvue de clichés perfectionnistes conventionnels.

L'accent porté par le tantra sur l'« expérience » de la vie n'implique pas que son éventail de techniques psycho-expérimentales existe au sein du néant. Le tantra comporte des systèmes lentement élaborés concernant par exemple la théorie atomique, la relation espace-temps, des observations astronomiques, cosmologiques, chronologiques, astrologiques, alchimiques... L'expérience humaine doit au tantra la découverte et la localisation des centres psychiques dans le corps, et de diverses disciplines yogiques, soutenues par des symboles visuels et abstraits. Les tantras sont uniques en ce sens qu'ils appréhendent de façon toute réaliste la nature et la vie dans leurs diverses manifestations. Aucune manifestation phénoménale n'est antithétique de la réalisation de soi. Quelque éphémère que soit la vie, tout ce qui existe comporte sa propre dimension positive. Aussi, au lieu de s'évader de la nature manifestée et de ses obstacles, le tantrika les rencontre face à face. L'expérience de la totalité réalise la totalité de l'expérience. La conscience d'être est conscience du pouvoir de devenir.

Du fait de l'ignorance régnante concernant leur signification véritable, les rites tantriques comme les pratiques du yoga sexuel ou le culte des vierges ont été mal compris et déformés. Certains modèles philosophiques et rituels tantriques étaient traditionnellement la possession de quelques initiés qui formaient un cercle fermé et veillaient sur le système avec une attention vigilante, ne laissant pénétrer personne hormis des aspirants qualifiés. Aussi les pseudo-orientalistes ont-ils reculé, saisis d'un frisson d'horreur puritain, devant ce « culte mystérieux », et l'ont-ils tourné en ridicule ; leurs contreparties indiennes partagent cette attitude au XIXe siècle. Au début de ce siècle les recherches de Sir John Woodroffe et d'autres érudits ont fait table rase des conceptions erronées qui obscurcissaient ces profonds enseignements.

Les principes de base du tantra peuvent être exposés et compris dans un ordre ascendant ou descendant. En partant du sommet, on commence par le plan cosmique, les préceptes tantriques concernant l'ultime réalité, on rencontre la notion de création et les éléments constituants du monde objectif, et l'on parvient finalement à la compréhension du corps humain et de ses propriétés, ainsi que des processus psychiques qui unissent l'être humain et l'univers. En sens inverse, on peut partir du moi tangible et s'élever par étapes dans l'être humain-

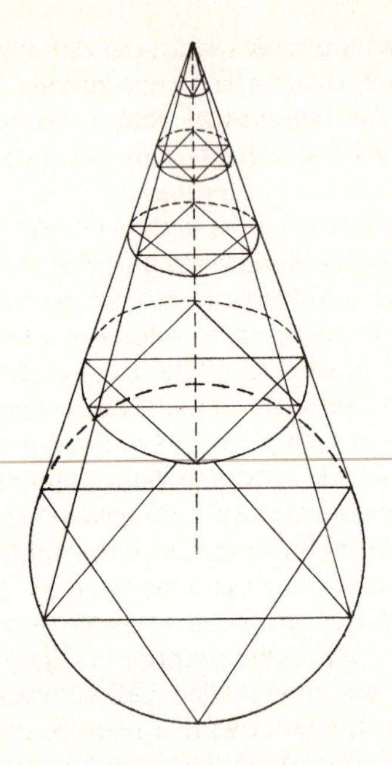

*Diagramme des six chakras
ou centres psychiques du corps humain.*

cosmos jusqu'à atteindre la réalité ultime. Tels sont, en fait, les degrés de la pensée tantrique, autour desquels s'entrelacent les divers rituels et les formes artistiques. Les tantrikas ont développé une méthode systématique comportant des « carrefours cosmiques » créés au plan relatif, qui sont des points auxquels l'individu rencontre le noumène universel. Ces points cosmiques peuvent être atteints par un travail sur le corps (Kuṇḍalinī-yoga), l'exécution de certains rites, la visualisation de yantras, maṇḍalas et divinités (ce qui correspond au courant principal de l'art tantrique), ou la répétition de syllabes-germes (mantras). De là, les diverses méthodes du tantra, qui impliquent toutes les facultés du corps, à différents niveaux, physique, mental, et psychique – ensemble ou séparément. Au demeurant, toutes ces pratiques sont orientées vers l'éveil et la réalisation de la vision de l'unité.

Dans l'enseignement du tantra, centrale est la notion selon laquelle la réalité est une unité, un tout indivisible. On la nomme Śiva-Śakti, conscience cosmique. Śiva et sa puissance créatrice, Śakti, s'y unissent éternellement ; l'un ne peut être différencié de l'autre, et la conscience cosmique est investie de l'essentielle potentialité d'auto-évolution et auto-involution. C'est seulement au plan relatif que Śiva-Śakti peuvent être considérés comme des entités séparées. L'individu détient le pouvoir de réaliser la conscience cosmique, de s'unifier avec elle : l'intuition de cette réalité est le propos du tantra. L'individu n'est pas isolé, mais intégré dans le système cosmique tout entier, aussi le processus de la réalisation est-il accomplissement du soi. Il ne peut être atteint par des méthodes de négation ou de fuite. La prise de conscience de l'équation entre l'individu et la conscience cosmique exige une

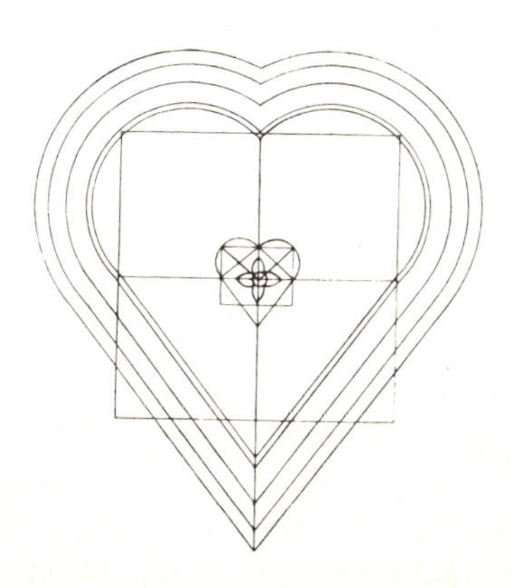

Diagramme de l'unité des deux principes, masculin et féminin.

étroite symbiose de l'individu et de l'au-delà – l'expérience de la totalité de l'être et du devenir.

Toute manifestation, selon le tantra, se fonde sur un dualisme fondamental, un principe masculin, nommé Purusha (conscience cosmique) et un principe féminin nommé Prakṛiti (énergie cosmique). Purusha est identifié à la conscience cosmique, dont la nature est statique, et qui correspond au plan transcendantal, où règne une unité indifférenciée. Śiva, Prakṛiti, Nature, sont synonymes de Śakti (l'énergie féminine) ; l'énergie cinétique, quantique, du cosmos est le moteur premier de la création, d'où le monde est né, et dans quoi il se dissout. Purusha et Prakṛiti sont, à l'échelon cosmique, des versions du masculin et du féminin terrestres, phénoménaux. Bien qu'ils se distinguent par leurs qualités, ils sont inséparables dès lors que ce sont essentiellement deux aspects d'un seul principe. En réalité, le monde entier, la manifestation de l'expérience dans son intégralité, est Śiva-Sakti, Purusha et Prakṛiti, masculin et féminin. L'objectif du tantra est de réaliser cette totalité intégrée des polarités par la contemplation active : accomplir cette intégration de la polarité signifie devenir Śiva-Śakti, unis en un. Dans l'expérience de l'unité, la joie extatique (ānanda), ineffable en termes humains, est ressentie. Aussi bien les tantras bouddhistes qu'indiens reconnaissent cette dualité, bien qu'il existe entre eux une différence fondamentale, en ce sens que le bouddhiste considère le principe masculin sous un aspect actif (Upāya) et le principe féminin comme statique (Prajñā). Les deux écoles mettent l'accent sur le principe de la dualité dans la non-dualité et indiquent que l'objectif est l'état parfait de l'union des deux.

Le tantrisme est un système de redécouverte du mystère de « l'éternel féminin ». Outre certains facteurs historiques qui ont pu le porter à adopter des pratiques associées au culte du principe féminin, la raison principale de cette attribution d'un statut élevé à la femme, et de son élévation au rang d'une force cosmique, est que le principe féminin est essentiellement considéré comme l'aspect actif de la conscience. Dans les rituels tantriques, chaque femme est vue comme une émanation du principe féminin et devient une réincarnation de l'énergie cosmique, symbolisant l'essence ultime de la réalité. Selon cette conception, Śakti est investie de tous les aspects de la vie, de la création à la dissolution, du sensuel au sublime, du bénin à l'horrifique. La puissance universelle de Śakti est le moteur premier et la matrice des cycles récurrents de l'univers, et, comme telle, elle reflète le pouvoir procréateur de la substance éternelle. Elle symbolise aussi l'affirmation de la vie et se trouve à la source de toute polarisation, différenciation et distinction des éléments. Les tantrikas identifient également la puissance de Śakti à l'Absolu ou à l'Un, dès lors qu'elle projette la divine bi-unité des principes masculin et féminin. Dans le processus d'auto-actualisation, le but le plus haut, consistant en la montée de la Kuṇḍalinī, est considéré comme une version microcosmique du pouvoir féminin de Śakti.

Le monde objectif, dans son infinie diversité, procède de l'union des principes masculin et féminin, opposés. Il existe une force de complémentarité similaire à celle d'une charge électrique positive et négative produisant entre les deux pôles une constante attirance. Aussi chaque conjonction des opposés est-elle source de félicité et débouche-t-elle sur la spontanéité primordiale. Dans cet état harmonieux et intégré, Prakṛiti, ou la nature, composée de trois forces, ou guṇas en sanscrit, nommées sattva, rajas et tamas, réalise un parfait équilibre. Sattva (l'essence) est la tendance ascendante, ou centripète, orientée vers l'unité et la libération. Rajas (l'énergie) est la tendance tourbillonnante, qui donne l'élan de toute force créatrice. Tamas (la masse) est la tendance descendante, ou centrifuge, la source de la décomposition et de l'annihilation. Dans leur état non manifesté, les guṇas ne peuvent être distingués individuellement parce qu'ils s'équilibrent parfaitement les uns les autres. Le *Devībhāgavata* décrit ainsi cet état :

« Avant la création, ce monde était dépourvu de soleil, de lune et d'étoiles ; et il n'y avait ni jour ni nuit. Il n'y avait ni énergie ni directions distinctes. Le Brahmānda (l'univers) était alors dépourvu de son, de toucher, etc., privé d'autres forces et plein d'obscurité. Existaient seulement l'éternel Brahman (conscience cosmique), dont parlent les écritures, et la Prakṛiti (énergie cosmique), qui est existence, conscience, et félicité. »

Lorsque cet équilibre est perturbé, le processus de l'évolution se met en branle, et le monde est recréé, en un cycle sans fin. Aussi, en d'autres termes, tamas est l'inertie, l'énergie magnétique, et rajas l'énergie cinétique, tandis que sattva est l'énergie équilibrante à mi-chemin des opposés. Lorsque ces énergies sont en équilibre, il n'y a ni mouvement, ni manifestation, ni flux, seulement immobilité perpétuelle. Lorsque l'équilibre est affecté, toutes les énergies commencent à se combiner, l'évolution s'enclenche, et l'univers est peu à peu projeté sous forme vibratoire, jusqu'à ce qu'à nouveau toute chose ait tendance à revenir à l'état primordial d'équilibre.

Ce phénomène peut être expliqué en dressant un parallèle avec la physique moderne, telle que la décrit Lincoln Barnett dans *Einstein et l'Univers* :

« L'univers progresse ainsi vers une “mort chaude” ou, techniquement parlant, une condition d'entropie maximale. Lorsqu'il atteindra cet état, dans quelques milliards d'années, tous les processus naturels cesseront. La température de l'espace sera devenue homogène. L'énergie, uniformément distribuée à travers le cosmos, aura dès lors cessé d'être utilisable. Il n'y aura plus ni lumière, ni vie, ni chaleur, rien qu'une stagnation perpétuelle et irrévocable. Le temps lui-même s'arrêtera. Car l'entropie vise la direction du temps. Elle est la mesure du hasard. Lorsque tout système et ordre universels se seront évanouis, lorsque le hasard aura atteint son maximum, et l'entropie son comble, lorsque toute chaîne de causes à effets aura disparu – en bref, lorsque les batteries de l'univers seront à plat, il n'y aura plus de direction au temps, il n'y aura plus de temps. Et il n'existe aucun moyen d'échapper à ce destin[1]. »

Le tantra a intégré la totalité des connaissances scientifiques traditionnelles en mathématiques, astronomie, alchimie. L'invention du système décimal, y compris la découverte du zéro dans l'Inde ancienne, est l'une des plus importantes contributions au savoir humain. Parmi d'autres découvertes, citons le système astronomique héliocentrique, la notion de maisons lunaires, ou nakṣhatras ; la précession des équinoxes et la détermination de leur taux ; la fixation de l'année luni-solaire ; l'établissement d'un calendrier astronomique sur des bases scientifiques ; la rotation de la terre sur son axe ; la connaissance des principes de la géométrie et une contribution à l'établissement des symboles algébriques ; la forme sphérique de la lune, du soleil, de la terre et des autres planètes ; la distance moyenne des planètes, calculée à partir de la théorie du mouvement équilinéaire, compte tenu de divers types de mouvements comme les mouvements rectilinéaires (vibratoires et oratoires) et le mouvement acquis ; l'hypothèse de l'attraction interplanétaire pour expliquer l'équilibre. Les conceptions tantriques concernant le temps et l'espace, la nature de la

1. Barnett, *The Universe and Dr. Einstein*, p. 90.

lumière et de la chaleur, la gravitation et l'attraction magnétique, la théorie ondulatoire du son, ressemblent de façon frappante à celles de la science moderne. Il faut garder présent à l'esprit le fait que les généralisations scientifiques provenaient de visions intuitives, de pratiques et d'illuminations yogiques, et d'une intense observation des phénomènes naturels, sans le recours à une expérimentation conduite selon les méthodes modernes. Ces découvertes eurent une incidence directe sur la pensée, les préceptes et les pratiques tantriques : par exemple, les observations astronomiques sont utiles aux tantrikas en ce qu'elles permettent de déterminer les moments auspicieux pour la célébration des rites, et en ce qu'elles donnent des indications sur la destinée humaine en relation avec les positions changeantes des astres.

Au VIe et au VIIe siècle, l'alchimie indienne (Rasāyana), ésotérique par essence, atteignit son plus haut développement chez les tantrikas. Certaines substances chimiques, et des préparations à base de soufre ou de mercure – particulièrement ce dernier – étaient censées prolonger la vie. Encore aujourd'hui certains yogis tantriques se nourrissent de mercure comme d'un élixir de longue vie, car on croit que le corps doit être parfaitement préparé et renforcé pour expérimenter et maintenir la pleine intensité de l'état cosmique.

Les forces gouvernant le cosmos au macro-niveau régissent l'individu au micro-niveau. Selon le tantra, l'être individuel et l'être universel ne font qu'un. Tout ce qui existe dans l'univers doit exister également dans le corps individuel. L'un des obstacles majeurs à la découverte de cette unité essentielle entre le macrocosme et le microcosme réside dans notre habitude d'analyser le monde en éléments séparés, ce qui provoque l'oubli de l'interrelation et de l'unité sous-jacente de ces éléments. La voie de la réalisation passe par la reconnaissance de la totalité unissant l'être humain et l'univers. En retour, la reconnaissance de cette unité tend à annuler les frontières de notre ego et à nous libérer d'une attitude limitée envers le monde extérieur. Au fur et à mesure que se développe cette vision des choses, la polarisation extérieur/intérieur s'estompe : l'un n'exclut plus l'autre, ils ne sont plus séparés mais intégrés en une totalité cohérente. Ainsi le tantrika voit-il l'univers en lui-même, et se voit-il en l'univers. Il est cependant difficile de se représenter l'étendue de nos potentialités latentes, parce que nous n'avons généralement conscience que d'un très petit fragment de notre être. Le soi extérieur est seulement une petite projection du soi intérieur. Un vaste réservoir de forces latentes attend d'être découvert. Le corps humain, avec ses fonctions psychologiques et biologiques, est un véhicule au moyen duquel l'énergie psychique dormante, Kuṇḍalinī Śakti, peut être éveillée pour s'unir finalement à la conscience cosmique, qui est Śiva.

La Kuṇḍalinī Śakti (« énergie lovée ») est l'axe de notre système psycho-physique. Cette énergie dormante est transformable et orientable au prix de ce que l'on appelle l'ascension de la Kuṇḍalinī à travers les centres psychiques du corps humain, qui, en activant cette ascension, transcende ses limites. Lorsque la Kuṇḍalinī est au repos, l'être humain est seulement conscient de son environnement terrestre immédiat. Lorsqu'elle parvient à un plan supérieur, l'individu n'est plus confiné dans sa propre perception, mais participe de la source lumineuse. Au cours de son ascension, la Kuṇḍalinī absorbe toute l'énergie cinétique dont sont chargés les différents centres psychiques. Si l'on éveille cette force dormante, jusque-là inconsciemment absorbée dans des positions purement somatiques, et si on la dirige vers les centres supérieurs, l'énergie ainsi libérée est transformée et sublimée, jusqu'à l'accomplissement de son parfait déploiement et de la réalisation consciente.

L'ascension de la Kuṇḍalinī, en langage scientifique

moderne, signifie l'activation des vastes zones dormantes du cerveau. Les capacités neurologiques de l'être humain sont incalculables : selon de récentes découvertes, chaque individu dispose d'environ dix milliards de neurones ; un simple neurone peut être en relation avec vingt-cinq mille autres ; le nombre de connexions possibles est dès lors astronomique, il dépasse celui des atomes composant l'univers. À chaque seconde, le cerveau reçoit environ cent milliards d'impulsions et l'on estime qu'il émet environ cinq mille signaux à la seconde. Par contraste avec cette vaste réserve de potentialités latentes, nous n'avons conscience que d'un millionième de notre activité corticale. Aussi de vastes zones du cerveau, que les neurologues nomment « zones silencieuses », demeurent-elles en friche, incontrôlées et inutilisées. Une fois ces zones complètement activées, nous commençons à communiquer avec notre propre conscience élargie. L'ouverture de cette zone à sa pleine capacité permet à la Kuṇḍalinī de monter jusqu'au centre psychique le plus élevé, Sahasrāra, le siège de la conscience cosmique, symbolisé par un lotus à mille pétales situé juste au-dessus de la tête. Dans le processus de Kuṇḍalinī-yoga, la structure même des vibrations électriques du cerveau est modifiée. Sous l'effet des pratiques tantriques, la Kuṇḍalinī, en se déployant, vivifie les centres psychiques du corps humain, nommés chakras, jusqu'à atteindre le Sahasrāra, où prend place l'union mystique. Ainsi l'adepte réalise-t-il, en une expérience transcendantale, son union avec Śiva-Śakti.

La Kuṇḍalinī Śakti peut être éveillée au moyen de diverses techniques et processus de méditation incluant la pratique yogique du prāṇāyāma, ou contrôle de l'énergie vitale cosmique. Une respiration rythmée anime toutes les molécules du corps d'un mouvement homogène, et rend possible un contrôle de la conscience. Si à un moment donné l'air inclus dans nos poumons contient 10^{22} atomes, nous pouvons imaginer quel flux énergétique est engendré par le mouvement animant les molécules de ce système. Dans ces conditions les vibrations du corps deviennent parfaitement rythmées, la conscience agitée se calme, et le flux nerveux se transforme en un mouvement similaire à l'électricité, produisant une énergie tellement formidable que la Kuṇḍalinī est éveillée.

L'atteinte de pouvoirs surnaturels, connus sous le nom de siddhis, est considérée comme le résultat indirect de cette pratique. On distingue traditionnellement huit siddhis principaux, parmi lesquels les suivants sont les mieux connus ; aṇimā, le pouvoir de devenir infiniment petit, de telle sorte que l'on peut voir les objets les plus minuscules, y compris la structure interne de l'atome ; mahimā, le pouvoir de devenir immensément grand au point que l'on peut voir des phénomènes gigantesques, le fonctionnement du système solaire et celui de l'univers ; laghimā, ou l'absence de poids, le pouvoir de contrôler l'attraction terrestre sur le corps en développant dans chaque cellule la tendance antigravitationnelle opposée. Il y a aussi la faculté de quitter le corps et d'y rentrer à volonté, la maîtrise des éléments, et les perceptions supranormales, telles que d'entendre pousser l'herbe.

L'ascension de la Kuṇḍalinī s'accompagne de la perception d'une lumière mystique de diverses couleurs. Les teintes provenant de la diffraction du prāna (énergie cosmique) ne correspondent pas à ce que nous associons ordinairement à l'expérience du spectre solaire, mais sont un arrangement de couleurs au plan supranormal. On se rapproche ici des analyses de Goethe : « Les couleurs ont une signification mystique. Tout diagramme coloré suggère des conditions primordiales qui relèvent aussi bien de la nature que de la perception humaine [1]. »

Des chercheurs ont récemment commencé à se demander si la diminution de l'attention de la conscience

1. Schindler, *Goethe's Theory of Colour*, p. 205.

est soumise à un stimulus invariant correspondant à un « débranchement » de cette dernière par rapport au monde extérieur comme cela se produit dans la pratique de la méditation, par exemple. Leurs expériences ont démontré que, lorsqu'un sujet est exposé à une excitation visuelle continue, à un stimulus invariant sous forme de champ visuel non structuré, ou à une « image stabilisée », il perd complètement contact avec le monde extérieur. L'origine de ce phénomène a été attribuée à la structure du système nerveux central. Les résultats de l'enregistrement électro-encéphalographique des petites décharges électriques produites par le cortex central ont démontré qu'un rythme alpha prend alors naissance dans le cerveau. Des expériences similaires réalisées il y a peu de temps sur des yogis ont révélé que la méditation engendre un état alpha élevé. De même, dans la pratique du Kuṇḍalinī-yoga, lorsque l'attention est concentrée par le moyen de diverses techniques de méditation (répétition d'un mantra, visualisation d'un yantra, respiration rythmée), l'adepte perd contact avec le monde extérieur. Les scientifiques en concluent que la méditation n'est rien d'ésotérique ni de mystérieux, mais une « technique pratique qui recourt à une connaissance expérimentale de la structure du système nerveux », et qui, dès lors, entre dans le champ d'observation de la psychologie pratique appliquée [1].

Le tantra enseigne que la Kuṇḍalinī Śakti peut également être éveillée par le recours aux āsanas, ou disciplines sexo-yogiques : « On doit s'élever au moyen de ce qui cause la chute ». Ces aspects mêmes de la nature humaine qui nous entravent peuvent être les pierres d'angle de notre libération. Dans une telle approche, les pulsions sexuelles deviennent une voie ouvrant aux réalités du cosmos, indiquant l'unité du fini et de l'infini. Le rituel des āsanas tantriques, en se développant, a

1. Naranjo & Ornstein, *On the Psychology of Meditation*, II.

donné naissance à une série impressionnante de pratiques psycho-physiques promouvant le type de discipline qui conduit à la méditation. Dans l'acte de l'āsana, l'homme et la femme s'unissent, et son accomplissement réside dans l'expérience de la joie. Durant l'union sexuelle, les adeptes retirent leur conscience de l'environnement. L'esprit aspire à être libre. La rétention accroît la pression de l'énergie sexuelle, portant celle-ci à l'incandescence, de telle sorte que le flux psychique est libéré.

Le tantra āsana montre la voie de la maîtrise de l'énergie sexuelle au service de l'accomplissement spirituel. Il nous apprend à explorer nos sens plutôt qu'à les dompter. Le *Guhyasamāja Tantra* affirme catégoriquement : « Personne ne réussit à atteindre la perfection moyennant des pratiques compliquées et vexatoires ; mais la perfection peut être atteinte en réalisant tous nos désirs. » Les tantras sont uniques en ce sens qu'ils synthétisent les dimensions opposées, bhoga (jouissance) et yoga (libération). Nos pulsions hédonistes fondées sur le principe de plaisir peuvent alimenter une expérience spirituelle. L'exercice de la jouissance peut donc être considéré comme un acte spirituel dès lors qu'il est pratiqué avec une motivation et une intention justes, et après une initiation adéquate. Ainsi les pratiques sexo-yogiques deviennent-elles un yoga, la voie d'une réalisation spirituelle, un véhicule, bien que la sagesse conventionnelle considère le sexe comme profane et y voie un obstacle à toute forme de progrès spirituel.

Le sexe est considéré comme la base physique de la création et de l'évolution. C'est l'union cosmique des opposés, des principes masculin et féminin, et cela en justifie la satisfaction biologique. Le tantra distingue toutefois la joie de l'union, du plaisir momentané. Cette joie est identifiée à la félicité suprême (ānanda), qui efface toute dualité dans l'état de complète union. Dans cet état, toute pulsion, toute fonction devient Śiva-Śakti. On fait l'expérience de cette extase lorsque la Kuṇḍalinī s'éveille et se déploie.

L'adepte féminine joue un rôle très actif dans la pratique du tantra āsana. Elle est considérée comme une intermédiaire entre le transcendant et l'immanent, on voit en elle une incarnation de Śakti, le principe actif. Elle contient potentiellement tous les attributs positifs dont elle est investie. Elle « est », en chair et en os, la déesse. Ainsi, dans le rituel tantrique, la femme, reflet du principe féminin, devient-elle l'objet du culte. Elle est symboliquement transformée en déesse par le moyen de rites comme la Kumārī-pujā (culte de la vierge) ou le Śakti-upāsanā (culte de la femme). Dans le rituel, l'adepte féminine échappe à la condition ordinaire pour devenir un archétype essentiel.

La vie de Chanḍiḍās, un grand prêtre et poète rebelle bengali du XVe siècle, et son amour pour la lavandière Rāmi, illustre bien le degré que peut atteindre l'intégration de cet archétype à la discipline tantrique. La lavandière représente la Femelle primordiale, elle personnifie la totalité. En butte à l'hostilité de son entourage, Chanḍiḍās se présente à la divinité de son temple, la déesse Bāshuli, qui lui dit : « Tu dois aimer cette femme car aucun dieu ne t'offrira ce qu'elle peut t'offrir [1]. » Les chants de Chanḍiḍās, si souvent repris en écho par la secte bengali Sahaja, un surgeon du tantrisme, proclament l'éminente dignité de l'amour :

Personne ne voit
Celui qui habite
le vaste univers
à moins de connaître
le déploiement
de l'amour[2].

1. D. Battacharya, *Love Songs of Chandidas*, p. 18.
2. *Ibid.*, p. 153.

Pour un sahajiyā (littéralement : un homme spontané, inconditionné), la lavandière, la femme hors caste, est considérée comme la partenaire idéale dans le culte rituel. Non conditionnée par les tabous sociaux et moraux, elle jouit de la liberté, elle est détachée. L'approche fondamentale du tantra inclut la reconnaissance de l'identité du « noble et très précieux » et du « bas et très commun ». Plus la femme est de basse origine, plus elle est exaltée. Dans les anciens textes bengali, on trouve trace des discussions entre les adeptes de parakiyā (l'āsana avec la femme d'un autre) et leurs opposants, les champions de l'amour conjugal (svakiyā). Les seconds perdaient la partie, ce qui montre l'étendue de l'influence de l'idéal parakiyā. L'aspect psychologique de l'amour parakiyā était grandement influencé par la philosophie de l'amour éternel, projetée dans la vie de Rādhā, la femme d'autrui, la hlādinī-Śakti ou pouvoir de la joie, qui est l'essence véritable de Kṛishṇa. Leur union inséparable est un « sport divin », ou līlā. On retrouve cela dans le rituel sahaja, où la femme agit comme si elle possédait la nature de Rādhā, et l'homme celle de Kṛishṇa. Ainsi les doctrines tantriques se placent-elles au-delà de toutes les barrières de classes, au point que certaines sectes, tels les Bauls, vont jusqu'à considérer que l'éveil réciproque ne peut être réalisé et maintenu que si les partenaires ne sont pas liés par le contrat social du mariage.

Les rites tantriques sont des disciplines complexes et élaborées qui impliquent une série de pratiques. Les adeptes sont nommés sādhaka (au masculin) et sadhīkā (au féminin), et la discipline qu'ils suivent est appelée sādhanā. Il est indispensable que l'adepte soit initié par un maître spirituel (guru) qualifié. Le mode d'instruction varie très largement. Le débutant reçoit une initiation ordinaire dispensée au moyen d'un rite élaboré, alors que l'initiation d'un disciple plus avancé suppose la détention d'une profonde expérience spirituelle.

Les tantras distinguent trois types d'adeptes, selon leurs dispositions psychiques, ou leur degré d'avancement spirituel : paśu, vira, et divya. Celui qui est encore limité (paśu), et sujet à la ronde commune des conventions, est conduit le long de la voie tantrique par des moyens adaptés à ses dispositions. Celui qui est capable d'expériences psychiques et spirituelles moralement plus fortes (vira) et possède l'énergie de « jouer avec le feu », comme dit le tantra, se situe au milieu des extrêmes. Quant à l'être de condition divya, c'est le plus évolué. Il demeure spontanément en méditation, toujours ouvert à l'expérience spirituelle, tout à l'extase de la « femme intérieure » et du « vin ». Dans cet état, la « femme intérieure » est la Kuṇḍalinī Śakti à l'œuvre dans son corps, et le « vin » représente la connaissance enivrante tirée du yoga, qui met l'adepte hors de ses sens, « comme un homme ivre ».

Il existe plusieurs types de pratiques tantriques destinées à l'éveil de la Kuṇḍalinī Śakti ; parmi elles, les plus importantes relèvent de dakshiṇāchāra ou dakshiṇa mārga, le sentier de la main droite, ou de vāma mārga, le sentier de la main gauche, où la femme (vāmā) a sa place, enfin de kulāchāra, qui est la synthèse des précédents. En outre, il faut mentionner les pratiques mixtes, comme les pratiques védiques, śaiva et vaishṇava. Les adeptes de la voie de la main gauche pratiquent les rites pañcha-makāra (les cinq M), dont le nom évoque les cinq ingrédients commençant par la lettre M : madya, le vin ; māṁsa, la viande ; matsya, le poisson ; mudrā, la céréale grillée ; et maithuna, l'union sexuelle. Le contenu symbolique de ces ingrédients varie suivant le degré d'avancement des adeptes. Selon le tantra, ceux qui sont incapables de couper les trois nœuds de la honte, la haine et la peur ne méritent pas l'initiation dans cette voie. Le principe fondamental de la voie de la main gauche est qu'aucun progrès spirituel ne peut être réalisé en refoulant nos désirs et en réfrénant nos passions, mais qu'il faut sublimer cela même qui cause la chute, pour atteindre la libération.

Au cours des cérémonies, différents rites sont célébrés, parmi lesquels nyāsa, la « projection rituelle » de divinités et d'éléments en diverses parties du corps, joue un rôle extrêmement important. Lorsqu'il pratique nyāsa, souvent avec des mudrās ou gestes des doigts, l'adepte prend les attitudes correspondant à certains sons mantriques qui doivent stimuler les courants nerveux en sorte que les énergies se distribuent correctement dans tout le corps. Il touche les différentes parties de son corps, y projetant la puissance des divinités, pour éveiller symboliquement les forces vitales dormantes.

Les tantrikas accomplissent aussi des rituels de groupe nommés chakrapūjās ou rites-en-cercle, dont le bhairavī-chakra est le plus important. Dans ce rite, le culte s'adresse au pouvoir féminin, et il est réservé aux adeptes avancés, que la participation au cercle initiatique marque d'un « sceau psychique » commun.

Ces rituels de groupe sont une tentative pour unir l'expérience et la connaissance dans des pratiques collectives dont la valeur est autant thérapeutique que spirituelle. Le partage de l'expérience est essentiel à la connaissance profonde de soi-même. Ces rituels réalisent un microlaboratoire, où l'on peut participer à tout un éventail d'expériences. L'adepte y trouve la possibilité de développer ses propres potentialités à l'intérieur d'une structure de groupe, et il prend conscience de la totalité intégrée à travers le contact interpersonnel. La mise en œuvre de nombreuses et diverses pratiques rituelles telles que les gestes des mains (mudrās) et l'attouchement des diverses parties du corps (nyāsa) n'a pas seulement une signification symbolique mais aussi une base psychologique : certaines méthodes de communication de groupe approfondissent la concentration et élargissent la conscience des aspirants.

L'utilisation de choses comme l'encens, les fleurs, la pâte de bois de santal, le miel, etc., le fait de boire et de manger, affinent l'expérience sensorielle. De même, les fréquentes explosions de joie collective sont des moments profonds de l'interaction du groupe, qui unissent les adeptes. La participation périodique à ces réunions rituelles renforce l'être, contribue à son développement spirituel intégral, et imprègne d'harmonie sa vie quotidienne.

Au cours de l'accomplissement de certains rites, les adeptes du tantra recourent parfois à l'usage de drogues, boissons et autres substances : ils fument de la gāñjā (cannabis), ou ils boivent du bhāng, une boisson à base de feuilles de chanvre indien, et ils s'enduisent le corps avec des cendres spécialement préparées. Ces substances ne sont pas tant utilisées à des fins d'élargissement de la conscience que pour contrebalancer l'influence de conditions adverses telles que le froid ou la chaleur intenses, la faim et la soif, particulièrement lorsqu'une longue cérémonie est accomplie de nuit dans un lieu écarté, ou en haute altitude.

Dans les rituels psychédéliques contemporains, de nombreuses personnes ont recours aux drogues pour élargir le champ de leur conscience et saisir la réalité des choses. Selon les conclusions d'une étude menée à Harvard, les gens qui consommèrent alors ces drogues rapportèrent qu'une « seconde d'horloge peut être une éternité d'extase (...). Il peut être intéressant de constater que ces témoignages ressemblent beaucoup à ceux des adeptes du Kuṇḍalinī-yoga et de certaines formes de tantrisme [1] ». Mais la ressemblance entre les deux expériences ne va pas jusqu'à concerner leur nature réelle. Il

1. Solomon, *LSD*, p. 69.

y a des différences essentielles. Le voyage psychédélique est une expérience de courte durée, provoquée et prolongée par des moyens artificiels, isolée de la vie quotidienne. En revanche l'expérience du yogi est le produit d'une discipline, elle est soutenue par un certain canevas psychologique et spirituel. Sa vie intérieure contrôle sa vie extérieure, de telle sorte que, même lorsqu'il se retire du monde extérieur, il ne se coupe pas de la vie, dès lors qu'il est fermement établi en lui-même. Chaque pensée, parole ou action prend place dans une certaine perspective. Il éveille ses forces intérieures et, en même temps, reste parfaitement lucide et maître de soi, ce qui n'a rien d'un paradis artificiel. Son expérience ne connaît pas de fin, tandis que le voyage psychédélique est une pratique sporadique, fournissant une stimulation momentanée, invariablement suivie d'une « descente ».

Dans les rituels tantriques, particulièrement ceux du crépuscule (sandhyā), célébrés à la charnière du jour et de la nuit, ou à minuit, on utilise un langage secret connu sous le nom de saṇdhyā-bhāshā ou saṇdhā-bhāshā, dans lequel les états de conscience sont exprimés en termes ambigus, sous la forme d'images érotiques. Le contenu symbolique de ces termes n'est pas intelligible aux non-initiés, ainsi, par exemple : « insérer son organe dans la cavité maternelle », « caresser les seins de sa sœur », « placer son pied sur la tête du gourou », « ne plus devoir renaître ». Dans la terminologie saṇdhā, l'« organe » est l'esprit contemplatif ; la « cavité maternelle » est le mūlādhāra chakra, ou centre de base ; les « seins de la sœur » sont le centre du cœur (anāhata chakra), et la « tête du gourou » est le centre correspondant au cerveau (sahasrāra). Décodés, ces termes signifient, pour citer Agehananda : « Il éveille les différents centres, et, lorsqu'il atteint le centre supérieur, il ne (re)naît pas. » Selon certains linguistes, saṇdhyā-bhāshā signifie langage crépusculaire, ou secret, tandis que d'autres l'appellent saṇdhā-bhāshā, ou langage intentionnel. De nombreux passages des écritures tantriques ont été composés dans ce langage. Quelle qu'en soit la signification, elle est équivoque, en partie pour voiler aux non-initiés le sens réel de la terminologie, mais aussi, comme dit Eliade, « principalement pour projeter le yogin dans la "situation paradoxale" indispensable à sa formation [1] ». Le processus de destruction et de réinvention du langage, et même les excès verbaux du Maître (Guru) rappellent les « rites d'agression » pratiqués de nos jours dans la psychothérapie de groupe comme forme de catharsis sémantique ; un langage dérangeant y est tenu pour déjouer le comportement psychotique du sujet et le provoquer à s'harmoniser avec la psyché collective. Dans le tantrisme, toutefois, le langage outrageant est à double sens, concret et symbolique ; il transsubstantie l'expérience en conscience.

Les cérémonies tantriques peuvent être accomplies mentalement ou réalisées physiquement, avec le recours aux paroles sacrées (mantras), diagrammes (yantras), images de divinités, et divers ingrédients rituels. Ces accessoires ne sont plus considérés ni utilisés sous leur jour quotidien, ils prennent une profonde signification spirituelle. Les mantras sont indispensables à la discipline tantrique. Traduit littéralement, le mot *mantra* signifie « ce qui, réfléchi, donne la libération ». Le mantra prend vie lorsque sa répétition crée un modèle vibratoire (japa), et que le sens des lettres, correctement articulé, est clairement saisi. Chaque lettre du mantra est chargée d'énergie et crée des vibrations dans la conscience interne. Les vibrations sonores sont considérées comme des manifestations de la Śakti et, par conséquent, comme des équivalents sonores des divinités. Les mantras peuvent sembler dépourvus de sens et inintelligibles au

1. Eliade, *Yoga, Immortality and Freedom*, p. 250.

non-initié, mais, pour l'adepte correctement éduqué par un Maître, ce sont des germes de pouvoir spirituel.

Le son primordial, connu comme le mantra monosyllabique *Oṃ*, est la base de l'évolution cosmique. Toutes les formes sonores élémentaires des mantras émanent de ce son éternel. Le son et la forme sont interdépendants, chaque forme est une vibration d'une certaine densité ; inversement, chaque son a un équivalent visuel. Le son est la réflexion de la forme, et la forme est le produit du son. Tous les êtres animés et toutes les choses inanimées sont des vibrations d'une fréquence particulière. Chaque mantra a une forme colorée, et, lorsqu'il est prononcé correctement, celle-ci commence à se manifester. On nomme yantra la structure énergétique cachée dans le son, et révélée par lui.

Un yantra (le mot signifie « aide », « outil ») est généralement dessiné sur du papier ou gravé dans le métal, en vue d'aider la méditation, ou pour offrir une image tangible de la divinité. De même que le mantra en est l'équivalent sonore, le yantra est un équivalent diagrammatique de la divinité. Les formes abstraites primordiales, telles que le point, la ligne, le cercle, le triangle, le carré, s'équilibrent dans une combinaison harmonieuse, à la fois statique et dynamique. Le yantra comporte un élément central autour duquel s'ordonne l'ensemble du motif. Le centre comme point d'origine et d'équilibre évoque l'idée d'émanation, d'irradiation. Quant aux motifs verticaux et horizontaux, il s'en dégage une impression d'ordre mathématique formel et de régularité.

Ainsi le yantra représente-t-il un modèle énergétique dont la puissance croît en proportion de l'abstraction et de la précision du diagramme. Il est possible de créer et de contrôler certaines idées à l'aide de ces diagrammes. En effet, de même que chaque forme est considérée comme le produit visible d'un modèle énergétique à l'œuvre dans un son, de même, inversement chaque forme visible est porteuse de son propre diagramme d'énergie. Le yantra ne doit pas être considéré comme la schématisation de cartes et calculs astronomiques ou astrologiques, mais comme une image linéaire révélée à l'adepte. Toutes les figures géométriques élémentaires composant le diagramme psycho-cosmique ont une valeur symbolique. Elles sont assemblées en structures complexes pour représenter les énergies et les qualités du cosmos sous une forme élémentaire. Aussi bien, pour le tantrika, ces puissants diagrammes ne sont-ils pas seulement des entités conscientes mais, symboliquement, la conscience elle-même.

Dans la pratique du maṇḍala comme dans celle du yantra, on cherche à unifier le centre, qui représente le foyer de puissance psychique et le cœur de sa propre conscience. Le mot maṇḍala, qui signifie « cercle », véhicule une image archétypale signifiant plénitude et totalité. Il représente le cosmos, ou le foyer d'énergie psychique ; c'est un équilibre éternel de forces dont la fin est le commencement, et le commencement la fin. À l'intérieur de son périmètre, la combinaison des métaphores visuelles – carrés, triangles, tracés labyrinthiques – représente l'absolu et l'agencement paradoxal des éléments au sein de la totalité. Souvent peint sur du tissu ou du papier, le maṇḍala est abondamment utilisé dans le culte tantrique et forme une partie essentielle du rituel. Une fois initié, l'adepte s'entraîne à visualiser l'essence primordiale du maṇḍala sous sa forme externe, puis à l'intérioriser, par la contemplation, sous forme d'énergie psychique. Ainsi le cercle, comme symbole de la totalité, fonctionne-t-il comme paradigme de l'évolution et de l'involution.

Comme les yantras et les maṇḍalas, le Brahmāṇḍa ovoïde, le Sālagrāma sphéroïde, et le Śiva-liṅga, généralement en pierre, et utilisés pour les rites, manifestent une réalisation de la totalité. Dans le Brahmāṇḍa, Brahmaaṇḍa, la totalité, est représentée sous la forme d'un œuf. Le Brahman (l'Absolu) est symbolisé par une courbe qui entoure l'univers en dessinant la forme d'un œuf (aṇḍa), l'Œuf cosmique (Brahmāṇḍa). Śiva-liṅga est un terme communément appliqué au phallus, bien que, selon le *Skanda Purāṇa*, le liṅga signifie l'espace omnipénétrant dans lequel l'univers entier est engagé dans le processus de formation et dissolution. Le liṅga se dresse dans le yoni – le vagin de Prakṛiti, symbole du principe féminin, ou du dynamisme qui donne naissance à la vibration et au mouvement. Dans un état de repos, d'équilibre, au-delà de sa manifestation, le yoni est représenté par un cercle, dont le point central est le germe du liṅga. Dans la création différenciée, ou dans un état actif, le cercle se transforme en triangle renversé – le yoni, source de la manifestation. Le point dans le cercle, bindu, réalise l'acceptation de la totalité : il n'affirme ni ne nie rien mais incorpore tout dans sa forme infinie. Ce sont là des figures essentielles du symbolisme tantrique, qu'il soit exprimé de façon abstraite ou anthropomorphique, comme lorsque le liṅga-yoni est révélé sous la forme d'Ardhanārīśvara, pourvu conjointement des attributs féminins et masculins, ce qui signifie la plénitude du psychisme.

À travers les étapes successives de la transformation de la matière et de sa réduction à son essence absolue, le premier souci de l'artiste tantrique est de dévoiler l'universalité secrète des formes élémentaires. Il ne cherche pas à absorber quelque objet extérieur, mais libère le fruit de son expérience intérieure. Concerné par les réalités de la vie, l'art tantrique s'enracine fermement dans le spirituel. Cette forme de communication devient un mode de vie, elle crée des conceptions et des formes cristallisant et véhiculant à l'intention d'autrui les plus profondes intuitions, de sorte que l'expression artistique personnelle prend un tour universel.

Dans l'imagerie tantrique, les schémas énergétiques et

les compositions complexes sont établis à partir de formes abstraites primordiales. Les images de ce genre sont appréhendées intuitivement, et fondées sur des principes cosmiques irréversibles. Il n'y a pas de variables, mais un continuum d'expériences spatiales dont l'« essence » précède l'existence : le sens tout entier est déjà présent avant la réalisation de la forme. Cet art conserve son caractère intrinsèque : il sert à déclencher des réactions visuelles à la fois psychologiques et spirituelles.

L'art du tantra est anonyme comme la plupart des autres formes d'art indien ; il nous vient de temps très anciens. Certains des objets précieux sont datés et de provenance connue ; d'autres, comme les Brahmāṇḍas, les Sālagrāmas, les Śiva-liṅgas, sont l'expression de types immémoriaux qui ont survécu du fait de leur utilisation répandue dans le culte rituel. Cependant, la pratique traditionnelle consistant à indiquer les normes philosophiques et scientifiques du tantra est, de nos jours, en voie de disparition rapide ; elle ne s'exerce plus qu'en quelques régions isolées.

En combinant comme il le fait l'art, la science et le rituel, le tantra montre la voie de la réalisation de soi. Le chemin est intérieur, dans chaque atome de notre être. Nous l'apprenons en le vivant. À cet effet, il est nécessaire de développer à la fois des pratiques extérieures et des pratiques intérieures.

L'art d'aujourd'hui utilise des formes abstraites pour exprimer la complexité de la vie et de la nature, une telle approche est multiséculaire dans l'art tantrique. De nombreuses formes, combinaisons de couleurs, schémas et structures, ressemblent de façon saisissante aux travaux de certains artistes contemporains. Il existe toutefois une différence essentielle entre les deux : l'artiste tantrique expose dans son art les mystères de l'univers et les lois qui les gouvernent. L'art du tantra est porteur d'un sens plus profond que l'abstraction sèche, qui provient principalement d'une recherche du non-conventionnel. Il tire son origine d'une foi, d'une vie spirituelle profonde et pénétrante. Comme l'écrit Philip Rawson :

« L'essence de ces œuvres d'art est d'être destinées à aider la méditation. Les diagrammes doivent ouvrir des portes dans l'esprit qui les reflète, et l'introduire dans un niveau de conscience plus élevé. Il n'est pas surprenant que le rituel psychédélique contemporain, popularisé par Timothy Leary, fasse la part belle à ce type d'images. Mais je suis certain que bien peu d'adeptes réalisent combien cet art va loin. Peut-être découvriront-ils que ce livre [1] peut leur offrir beaucoup plus que la destruction de la prison du concept. Il peut leur donner l'assise d'une intuition permanente, une vision intérieure qui n'exige pas l'ingestion répétée de substances psychédéliques [2]. »

L'anthropologie tantrique est également significative, elle est élargie en ce sens qu'elle reflète la relation de l'être humain avec le cosmos tout entier. Au sein du cosmos, le cerveau humain détient la possibilité d'étendre sa conscience jusqu'aux limites de l'espace. Le corps humain est à la fois le substratum physique de la conscience élargie, et le matériau brut de la transformation à réaliser. C'est le lieu de l'amour entre l'homme et la femme ; même les pratiques sexuelles peuvent y conduire à la joie suprême et à l'éveil spirituel. La vision anthropologique du tantra témoigne d'une approche spontanée et non conventionnelle de la vie, elle transforme complètement notre vision de l'univers.

Le principe tantrique de la bipolarité revêt également une haute importance. La relation entre l'homme et la femme y est vue comme une interaction créatrice dans laquelle toutes les dualités et toutes les contradictions

1. Mookerjee, *Tantra Art*.
2. Rawson, compte rendu sur *Tantra Art* in *Oriental Art*, XIII, 4, 1967.

peuvent être résolues. Dans la méthode tantrique, l'énergie féminine est déterminante, dans la mesure où elle offre la clef d'une vie créatrice. La prépondérance masculine régnant dans notre société actuelle en fait le champ où se déchaînent les pulsions agressives, le lieu de tous les déséquilibres. L'expérience fondamentale consistant à être totalement « soi » implique que l'on réalise l'équilibre des énergies masculines et féminines. Il s'agit de développer la féminité en chacun de nous. Plus notre degré d'évolution spirituelle est avancé, plus notre conscience est féminine, positive, en relation au masculin négatif.

Ainsi, le tantra dévoile-t-il une nouvelle vision du monde, à l'aide de ses conceptions idéologiques et spirituelles, et son éventail de techniques expérimentales offre à l'individu une voie vers la réalisation intégrale de son être, dans l'union de l'amour et de la joie.

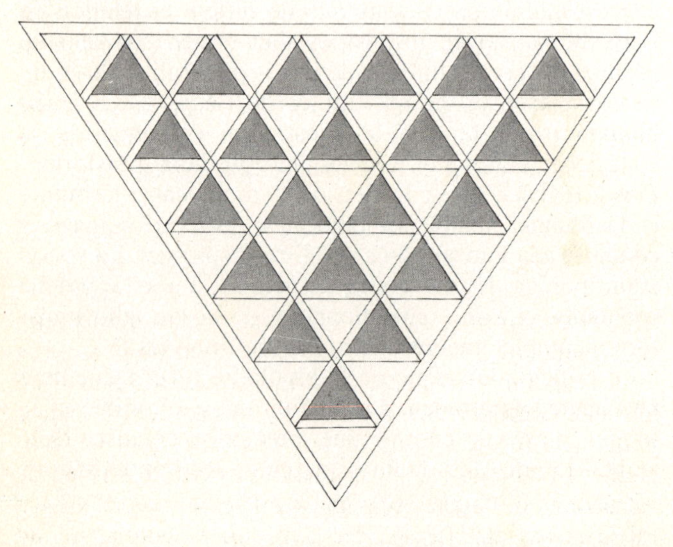

Janan yantra.

Art

L'art qui s'est développé à partir du tantra révèle une abondante variété de formes, des nuances subtiles de tons et de couleurs, des modèles graphiques, de puissants symboles à résonance personnelle et universelle. Il véhicule une connaissance impliquant un niveau de perception plus élevé, et capte les sources secrètes de notre conscience. Cette forme d'expression ne vise pas la jouissance esthétique comme le ferait une spéculation abstraite, elle véhicule un sens plus profond. Outre sa valeur esthétique, elle tire sa signification véritable de son contenu, du sens qu'elle véhicule, de la philosophie de la vie qu'elle dévoile, de la vision du monde qu'elle représente. En ce sens, l'art tantrique est une métaphysique visuelle.

Unité

L'art du tantra se fonde sur les valeurs spirituelles qui sous-tendent l'art indien en général. Bien qu'il projette une imagerie spécifique, l'art tantrique participe d'un héritage commun. Selon une antique tradition, la forme belle et la forme spirituelle composent un tout indissociable. La beauté est un symbole du divin. Ce principe est énoncé de façon frappante dans le *Samyutta Nikaya* (V. 2) : Ananda, le disciple aimé du Bouddha, dit au Maître : « La moitié de la vie sainte, Seigneur, n'est-elle

pas amitié avec le beau, association avec le beau, communion avec le beau ? » « Non, Ananda, dit le Maître. Cela n'est pas la moitié de la vie sainte, c'en est la totalité. » Si la beauté reflète la divinité, réciproquement et par suite, la réalité doit être rendue visible suivant les plus hauts canons esthétiques conçus par l'être humain, quelle que soit la nature de la métaphore – symbole, diagramme, forme anthropomorphique. Une telle approche peut conduire à une vision transcendante, surgissant principalement de l'exercice libéré de la perception intérieure. L'acte créateur devient ce qu'il est, un processus contemplatif, une symphonie dans laquelle le sujet percevant et l'objet perçu ne font plus qu'un. Dans une telle perspective, il est clair que l'on se situe au-delà de la simple stimulation sensorielle. Comme l'a souligné Coomaraswamy, parler de l'art « exclusivement en termes de sensation est une violence infligée à l'homme intérieur[1] ». Le propos de l'art est bien limité s'il ne nous émancipe pas de la perception superficielle.

Une telle émancipation est précisément ce que l'art tantrique vise à réaliser. En enrichissant et en approfondissant notre expérience au moyen de la métaphore esthétique, il nous apprend à connaître l'univers. Il nous libère de nos habitudes mentales, de telle sorte que nos perceptions confuses – cette masse indistincte de configurations spatiales – sont tissées sur une trame signifiante et, par suite, conservent leur impact psychologique. Le tantra applique à l'art la formule kantienne selon laquelle la forme sans contenu est dépourvue de sens, et le contenu sans forme est aveugle. Dans une telle optique, l'imagerie tantrique n'est pas une invention arbitraire dérivée du chaos de la manipulation artistique, mais, en dernière analyse, le dévoilement symbolique des pures abstractions visualisées dans la pratique de la méditation.

1. Coomaraswamy, *The Transformation of Nature in Art*, p. 67.

En s'identifiant avec les énergies universelles, l'artiste tantrique parvient à découvrir la réalité au-delà des apparences, ce qui lui permet de réaliser la synthèse du monde extérieur et du modèle intérieur. Sa vision du cosmos le familiarise avec le continuum espace/temps. Le monde de l'art et celui de l'expérience, bien qu'ils soient de nature différente, ne sont pas des entités séparées. L'art n'est pas coupé de l'expérience : un fil continu relie un monde à l'autre. L'artiste tantrique n'est pas aliéné, il se met à l'unisson de l'ordre cosmique. Son art réalise la projection d'une conscience intrinsèque pénétrant les mondes extérieur et intérieur. En ce sens l'artiste est un lien entre la vie et le cosmos.

L'art du tantra exprime son unité au sein des diverses énergies physiques qui composent la nature ; le multiple est ainsi transformé en réalité harmonieuse. L'artiste fait l'expérience de l'unité et la reflète dans les images qu'il crée. Il existe aujourd'hui un besoin généralisé de briser les limites dimensionnelles de l'œuvre d'art, afin de trouver une unité psycho-physique avec les énergies constitutives de l'univers. Le peintre contemporain Lucio Fontana s'exprime ainsi : « Je ne veux pas faire un tableau. Je veux ouvrir un espace, créer une nouvelle dimension pour l'art, être un avec le cosmos dans son expansion indéfinie au-delà des limites de l'image [1]. » La continuité affectant l'unité cohérente illustre cette synthèse et donne à l'œuvre d'art une signification universelle. Selon Sri Aurobindo, celle-ci révèle :

une quatrième dimension du sens esthétique,
où tout est en nous-mêmes, et nous-mêmes en tout.

La plupart des images tantriques tendent à souligner les analogies entre l'individu et le cosmos, et entre les

1. Déclaration de Lucio Fontana, 1965.

énergies vitales qui les gouvernent ; d'une certaine façon, elles illustrent la formule d'Aurobindo. Elles reflètent quelque chose qui prend place dans la vie réelle, et nous rappellent sans cesse, à travers les visions des yogis, ce qu'est notre véritable nature.

Dans une telle forme de représentation, l'image dégage une vibration méditative, exprimée principalement par des signes abstraits et des symboles. La vision contemplative sert de base à la création de structures abstraites libérées qui outrepassent la réduction schématisante. Une configuration géométrique telle qu'un triangle représentant Prakṛiti ou l'énergie féminine, par exemple, n'est ni une image convenue ni une apparence confuse, mais une forme primordiale représentant le principe vital sous les espèces d'un signe abstrait. Ce type de représentation est abstrait et non imitatif, universel et non individualiste, cognitif et non émotif. Ainsi la vision de la réalité qu'a l'artiste tantrique est-elle profondément conditionnée par une tradition qui transforme l'expérience personnelle en expérience générique. L'art tantrique embrasse et reflète la continuité de la tradition : une fois qu'une image particulière a été révélée et acceptée, elle conserve sa signification à travers les siècles. Ainsi les formes tantriques ont-elles acquis une qualité atemporelle et un commun dénominateur. Elles fonctionnent comme des signes préexistants, conditionnés par des codes préétablis semblables à des formules mathématiques. Dès lors, elles ne sont pas sujettes à de constantes métamorphoses.

Imagerie symbolique

Les formes tantriques sont représentées de façon purement allégorique lorsque la représentation d'un ordre d'idées est réalisée à l'aide d'une image prise comme symbole. L'usage et le conditionnement culturel ont chargé les formes de sens. De nombreux symboles tantriques ont été absorbés de façon subliminale, produits spontanément et inconsciemment lors de visions contemplatives, ou de manifestations psychiques créatrices ; inversement, ces symboles ont une énergie de communication véhiculant des idées à fort substrat métaphysique. La fonction psychique qu'ils exercent dans l'esprit conscient leur donne leur véritable signification.

Il est rare que les symboles apparaissent directement, et leur sens profond se dérobe à jamais au regard ; quelque énigmatiques qu'ils puissent apparaître, ils ne sont que des moyens imagés d'atteindre la réalité. Pour être saisie, la vaste symbolique de l'art tantrique exige un minimum de familiarité avec les textes du tantra. La plupart des symboles sont très anciens, on les rencontre déjà à la période védique (deux millénaires avant notre ère). Dans le *Rig Veda*, on parle du principe créateur de la vie comme d'un « embryon d'or » ou hiraṇya-garbha, la matrice de l'énergie contenant en germe le développement de l'univers. Le même symbole est cristallisé dans la conception du Śiva-liṅga, ou Œuf cosmique, dans les tantras. Ces symboles sans âge continuent à s'incarner d'une période à l'autre, ils perdurent à travers les générations successives. À cet égard, les diverses formes du tantra présentent un art de vivre fonctionnant au sein d'un espace traditionnellement défini.

L'iconographie tantrique ne peut être comprise au niveau de la critique d'art, de l'analyse du style, de la forme des éléments de la composition, du symbolisme des couleurs. La conception outrepasse la perception, car le tantra est, de façon prédominante, une voie de la connaissance, une voie plaçant intégralement l'existence sous le signe de l'éveil. L'expression artistique est dès lors intimement liée à la pratique rituelle. Dans le tantra, l'art et le rite sont profondément interdépendants. En déployant la manifestation multiple de la vie, le rituel suscite également la floraison de symboles adéquats. L'art et le rite s'interpénètrent et combinent leurs ressources dans l'exploration et l'expression du sens de l'existence, offrant au néophyte une expérience qui le conduit à la réalisation de soi. L'art donne au rite une nouvelle dimension, et il en rend la symbolique émotionnellement perceptible à l'individu.

La plupart des images tantriques, sinon toutes, servent à un degré ou à un autre d'intermédiaires entre le transcendant et l'immanent, elles forment un réseau cosmique indissoluble, à travers lequel la réalité est rendue visible et, éventuellement, appréhendée. Bien entendu, elles suivent un code sémantique spécifique, bien que la technique et le médium puissent varier. Il peut être utile ici de recourir à une analogie. Les derviches Mevlevi, en tournoyant, provoquent en eux-mêmes des états extatiques qui disposent la psyché à revenir à son centre. La danse cesse d'être seulement un exercice musculaire ou un mouvement corporel pour devenir le moyen par lequel le danseur réalise sa propre transformation. De même, dans l'art tantrique, les symboles rituels, libérés de leur existence illusoire, acquièrent une puissance dynamique. Ils fonctionnent comme une matrice psychique qui, en dernier recours, aide l'initié à s'éveiller lui-même. Ils trouvent dans la pratique rituelle leur origine et leur fin : le rite devient la condition *sine qua non* de l'art. Combiné avec le rituel, l'art exerce une fonction sociale, et c'est précisément cet aspect qui assure la continuité de la tradition. Si la pratique rituelle s'estompe du fait de changements dans le modèle structural de la société, les formes d'art s'atrophient, pour devenir en dernière analyse simple « histoire ».

La complicité de l'art et du rituel ne se limite pas à l'idéation de formes transcendantales, elle intègre également des objets concrets trouvés par le sādhaka (adepte, disciple) dans l'environnement naturel. À cet égard, l'art tantrique démontre sa force de synthèse en créant un équilibre entre le beau et le fonctionnel. Pour un tantrika, l'art poursuit un dessein clairement tracé, à l'intérieur de limites définies ; il y a peu de place pour l'ambiguïté ou le subjectivisme.

L'iconographie tantrique peut être grossièrement répartie en quatre catégories : 1. Formes et diagrammes psycho-cosmiques comme les yantras et les maṇḍalas. 2. Représentations visuelles du corps subtil et de ses éléments constituants. 3. Calculs astronomiques et astrologiques. 4. Images représentant des divinités ou des saints personnages, āsanas, figurations d'accessoires rituels.

D'un point de vue purement formel, on peut distinguer les images abstraites et les images représentatives. Le *Śukraniti-sāra*, un traité indien médiéval, distingue les qualités représentées et les réactions émotives provoquées. Ces qualités sont sāttvika (images sereines et sublimes), rājasika (images dynamiques) et tāmasika (les aspects terrifiants de Prakṛiti).

Yantras et maṇḍalas

Dans l'abstraction tantrique, les yantras et les maṇḍalas concrétisent les flux énergétiques et les relations dynamiques par l'assemblage de formes élémentaires. Comme le souligne Heinrich Zimmer, un yantra est conçu « comme support de méditation sous forme : 1. de représentation d'une personnification ou d'un aspect du divin ; 2. de modèle pour le culte d'une divinité intérieure, après que les accessoires de la dévotion extérieure (idole, parfum, offrandes, formules prononcées à haute voix) ont été rejetés par l'adepte avancé ; 3. de carte ou de schéma permettant l'évolution graduelle d'une vision tandis que l'on s'identifie au Soi, c'est-à-dire à la divinité, dans toutes les phases de sa transformation – dans ce cas, le yantra contient des éléments dynamiques.

« Ainsi le yantra peut-il être considéré comme un instrument destiné à orienter les forces psychiques en les concentrant sur un modèle, que l'adepte doit pouvoir parvenir à visualiser. C'est une machine permettant de stimuler les pratiques de visualisation et de méditation. Il se peut qu'un modèle donné induise une vision statique de la divinité, une réalisation de sa présence surhumaine, ou une série de visualisations qui s'engendrent comme les étapes d'un processus[1] ». Au fur et à mesure que le yantra est construit, le signe commence à véhiculer une expérience vécue.

Le yantra est une pure configuration géométrique, dépourvu de toute représentation iconographique. Certains yantras sont construits avant la méditation, ce sont des images du cosmos, tandis que d'autres sont élaborés par étapes, au cours du processus de la méditation. Le premier type offre à l'adepte un modèle sur quoi se concentrer immédiatement, tandis que dans le second sa concentration progresse graduellement, accompagnant la construction de l'image, jusqu'à son achèvement.

Il y a différentes sortes de yantras, ils représentent des divinités comme Śiva, Vishṇu, Kṛishṇa, Gaṇeśa, et diverses manifestations de Śakti, telles que Kālī, Tārā, Bagalā, Chinnamastā ; chacune a ses yantras correspondants. Dans certains yantras, les équivalents sonores des divinités sont symboliquement représentés par les syllabes-germes sanscrites placées dans les espaces ménagés par le diagramme : « La divinité offre deux aspects, l'un, subtil, représenté par le mantra, l'autre, grossier, représenté par l'image » *(Yāmala)*. La syllabe mantrique symbolise l'essence de la divinité. D'autres

1. Zimmer, *Myths and Symbols in Indian Art and Civilization*, p. 141-142.

mantras fonctionnent comme des emblèmes d'un modèle énergétique du cosmos, ils font l'objet d'un culte à diverses fins, mais essentiellement en vue de l'atteinte de l'état d'éveil. Il faut souligner, cependant, que, quels que soient leur type et leur destination, les yantras sont généralement représentés sous forme de pure abstraction géométrique. Les formes élémentaires qu'ils constituent sont le point, la ligne, le cercle, le triangle, le carré, et le symbole du lotus ; toutes ces formes se juxtaposent, se combinent et se répètent de diverses façons pour produire l'effet désiré.

Il est clair que les tantrikas ne se sentaient pas concernés par les principes plastiques conventionnels, et se concentraient de préférence sur un autre aspect de la dynamique des formes. Ils avaient recours aux notions d'énergie primordiale et de vibration pour comprendre la logique cachée derrière les phénomènes, de telle sorte que, dans l'abstraction tantrique, la forme est vue dans le contexte de son origine et de sa genèse, dans les termes de l'énergie fondamentale qui l'a façonnée. De cette façon, par exemple, le tantra considère la vibration comme un élément cosmologique primordial, d'où proviennent toute structure et tout mouvement. Si nous pouvions pénétrer la réalité qui se cache derrière les apparences, nous verrions des structures statiques comme des modèles vibratoires, ce qu'illustrent souvent des séries de peintures tantriques. Lorsque le mouvement s'accroît, la forme se condense en un « tout » qui est représenté par un point mathématique de dimension nulle. Lorsque le mouvement décroît, les flux et les tourbillons se déclenchent et la forme commence à se différencier ; le bindu (point) commence à se transformer en une forme géométrique élémentaire, jusqu'à ce que les multiples espaces s'interpénètrent, se chevauchent, se rencontrent, et engendrent l'énergie formatrice du modèle en son entier. Les diagrammes de l'art tantrique, qui révèlent l'expansion et la contraction des énergies dans le cours du processus créateur, peuvent être considérés comme des représentations statiques de forces en mouvement.

Ces termes abstraits révèlent au tantrika un ordre naturel significatif, et, au XXe siècle, ils s'apparentent pour nous aux concepts scientifiques. Le cymatique, qui étudie les effets tangibles des processus ondulatoires et vibratoires sur la matière, a révélé une grande diversité de structures : spirales, hexagones, rectangles, formes qui se chevauchent, dont certaines ressemblent aux formes primordiales qui constituent les éléments des yantras. Des phénomènes cymatiques sont observés, par exemple, lorsqu'on excite de la poudre de lycopode ; un certain nombre d'agrégats circulaires se forment, qui tournent sur leurs axes. Si l'on intensifie les vibrations, les agrégats se déplacent vers le centre.

Le Dr Hans Jenny commente ainsi ce processus :

« Que les tas s'unissent pour en former de plus gros, ou qu'ils se fragmentent, ils forment invariablement des unités complètes. Chacun d'eux participe à l'ensemble à la fois au regard de la forme et du processus.

« Cela nous conduit à un trait particulier des effets vibratoires : ils illustrent le principe de la totalité. Chaque élément est un tout, et le demeure, quels que soient les mutations et les changements dont il est affecté. Et ce sont toujours les processus vibratoires sous-jacents qui soutiennent cette unité dans la diversité. Partout, la totalité est présente ou au moins suggérée [1]. »

Les yantras sont souvent considérés comme des modèles énergétiques ou des diagrammes de forces. En tant qu'images de l'énergie primordiale, ils révèlent les différents degrés de la réalité, qui implique le cosmos, l'infini, le temps, l'espace, et le jeu de la polarité. Dès lors qu'on interprète l'infini en termes finis, on est obligé

1. Jenny, *Courrier de l'UNESCO*, décembre 1969, p. 16-18.

d'exprimer l'illimité de façon relative, en créant des modèles mathématiques d'espace virtuel. Les yantras ne correspondent pas seulement à des formes mathématiques, ils sont également construits selon une méthode mathématique. L'artiste doit regarder au-delà des apparences, pénétrer la structure et l'essence des choses – réorganiser la réalité en termes de relations entre des variables mathématiques. La formule de Cézanne vient ici à l'esprit : « Relier la nature au cylindre, à la sphère, au cône, tous mis en perspective, de telle sorte que chaque face de l'objet, du plan, se dirige vers un point central [1]. » La représentation minimale de la conscience omnipénétrante est le point mathématique de dimension zéro, bindu, placé au centre du yantra. Bindu est le degré ultime de puissance auquel une chose ou une énergie puisse être contractée ou condensée. Par la vertu de sa nature propre, c'est l'origine de toute manifestation dans sa complexité et sa variété, et la base de toute vibration, mouvement et forme : « Au-delà des tattvas (éléments) est le bindu » *(Yāmala)*. Central, le point contrôle tout ce qui s'échappe de lui ; un tel centre est nommé mahābindu ou Grand Point. Il constitue le point de départ du déploiement de l'espace intérieur, aussi bien que l'étape ultime de son intégration. Il fonctionne également comme « point mental » ou mano-bindu, servant de véhicule à l'esprit, et de lieu de rencontre du sujet et de l'objet.

Une série ininterrompue de points, pourvue d'une longueur sans largeur et animée d'un mouvement autonome, forme une ligne droite. La ligne droite est porteuse de la signification de croissance et de développement et, comme le temps, elle consiste en un nombre infini de points, qui se succèdent discrètement dans l'espace. Des modèles purement linéaires sont dessinés lyriquement pour illustrer des vibrations sonores, ou entrecroisés

1. *Abstract Art since 1945*, p. 289.

géométriquement pour former un certain ordre spatial, disposer des repères temporels et figurer les lignes de base de l'univers. Le Mātrikā Yantra dessine une forme linéaire remarquable : sur une surface horizontale ocre jaune, une ligne rouge ondulante crée une tension et divise le champ pictural. Cette ligne représente Śakti comme emblème de l'énergie.

On rencontre souvent la forme circulaire dans les yantras et maṇḍalas, elle est dérivée principalement du mouvement de révolution des planètes. Symbolisant la totalité, elle est normalement placée, dans un yantra, à l'intérieur d'une structure carrée à quatre entrées. Le carré symbolise l'élément terre, ou la qualité matérielle de la nature. Les quatre portes représentent le plan terrestre que l'on doit transcender graduellement pour s'identifier avec le cœur du modèle, en quoi réside l'essence.

Le triangle, ou trikona, de son côté, représente les trois mondes, les trois guṇas : neutre, positif et négatif – sattva, rajas et tamas. Le triangle pointant vers le bas représente le yoni ou organe féminin, le siège de Śakti, l'énergie féminine de la nature (Prakṛiti). Le triangle pointant vers le haut est identifié au principe masculin (Purusha). Lorsque les deux triangles s'interpénètrent sous la forme d'une étoile à cinq branches, ou d'un pentagone, chacun des cinq sommets représente un élément : la terre (kshiti), l'eau (ap), l'énergie (tejas), l'air (marut) et l'espace (vyoman). Durant la contemplation, lorsque l'adepte harmonise les cinq éléments de son corps avec les cinq constituants du modèle énergétique, il devient « l'homme parfait » et « sertit en lui le pentagone ». Deux triangles entrecroisés sous la forme d'un hexagone symbolisent la tendance dynamique, du point de vue de la genèse. L'union des deux triangles symbolise l'union de Śiva-Śakti se manifestant dans la création de l'univers objectif. Lorsque les deux triangles sont réunis par leur sommet, et dessinent une figure en forme de sablier, ou de damaru

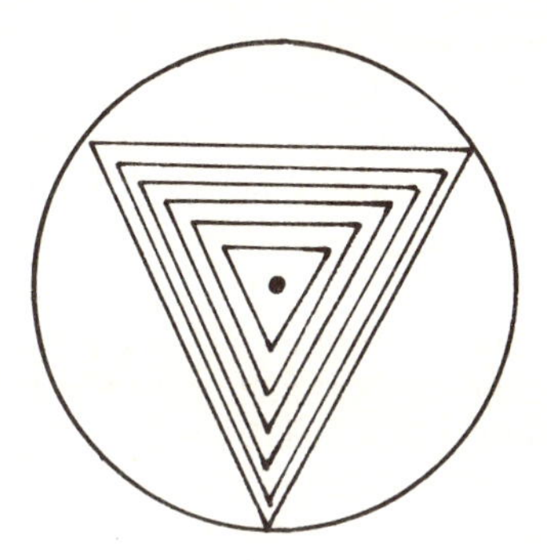

Détail du Kālī Yantra.

– le tambour de Bhairava, l'aspect destructeur de Śiva –, ils représentent la dissolution, le temps et l'espace cessent d'exister.

L'intégration spatiale de ces formes primordiales crée des unités dynamiques de formes et de couleurs. Un point apparaissant au centre, intersection d'une ligne avec une surface plane, des cercles inscrits dans un carré, ou simplement un œil aux couleurs éthérées, servent de tremplin à la trajectoire de la conscience. La présence spirituelle se confond avec la simplicité innée de la composition. La projection du symbole est souvent directe, hardie, de telle sorte que même une petite miniature peut ouvrir les portes de l'esprit. Le dynamisme abstrait de l'iconographie tantrique n'est pas gestuel, mais engendré par, et tendu vers, un ordre géométrique. Aussi bien ces improvisations psychiques irradient-elles la transcendance.

Selon le *Tantraraja Tantra*, il existe neuf cent soixante yantras. Le Śri Yantra, le plus célèbre d'entre eux, réalise la projection d'un fragment philosophique de la plus haute importance pour la pensée tantrique. Il est difficile de déterminer la date exacte de sa conception et de sa construction, mais il a dû être conçu très anciennement, et transmis à travers les siècles. De nombreux textes tantriques, comme le *Kāmakalāvilāsa*, en ont révélé la nature, la signification, la construction et l'application, et l'on trouve également la description de sa structure dans le *Saundaryalahari*, traditionnellement attribué à Śankara.

Le Śri Yantra est une figure formée par la rencontre de neuf triangles, dont cinq, avec le sommet tourné vers le bas, représentent Śakti, et les quatre autres pointant vers le haut, Śiva ; l'ensemble est centré autour du bindu. Du fait qu'il est composé de neuf (nava) triangles (yoni), on le nomme souvent Navayoni Chakra – la roue aux neuf triangles.

Le Śri Yantra est un modèle symbolisant la forme propre de Śakti (svarūpa) et sa puissance, ainsi que la forme de l'univers (viśvarupa), c'est-à-dire les diverses étapes de la manifestation de Śakti. C'est une illustration du champ cosmique dans lequel s'inscrit la création. Comme la création elle-même, le Śri Yantra vient à l'existence sous l'impulsion du désir primordial. L'impulsion du désir (kāmakalā) surgie de la nature propre de Prakṛiti, crée une vibration (spanda) qui résonne en tant que son (nāda). Cette manifestation est représentée par un point, ou bindu. À la première étape de la manifestation, le bindu est nommé Parā Bindu, c'est le noyau d'énergie concentrée, le germe du Son ultime, et les aspects dynamiques et statiques des deux (Śiva-Śakti) en un. Il contient toutes les potentialités du devenir. Lorsque commence la création, il se transforme en Aparā Bindu : « Le point essentiel au milieu du Yantra est la suprême Śakti, lorsqu'il croît il prend la forme d'un triangle » *(Kāmakalā vilāsa)*. Le point prend un rayon, la polarisation de Śiva-Śakti s'opère en son sein, les énergies dynamique et statique entrent en interaction, et deux points supplémentaires émergent pour former une triade de points – le triangle primordial ou Mūlatrikona.

Les trois points sont représentés par des syllabes sanscrites, et les trois vibrations de base émanent d'un seul substratum sonore primordial. Le triangle renversé représente le modèle de la forme première du désir originel dans le processus créateur. Il est signe d'évolution, et représente le principe dynamique de la création. L'élément statique prédomine dans le Parā Bindu, de telle sorte qu'il représente le principe masculin. La création tout entière provient de ces deux principes, le triangle et le point, et de la félicité de leur union. Aussi « le Śri Yantra est-il le corps de Śiva-Śakti » *(Yāmala).*

Le triangle primordial représente les trois aspects de Śakti : Trividha-Bāla, la jeune, Tripurā-Sundarī, la belle, et Tripurā-Bhairavi, la terrifiante. Il figure aussi le triple processus de création (sṛisti), préservation (sthiti) et dissolution (samhara).

L'expansion de l'espace et du temps, du son et de l'énergie, se poursuit dans le processus créateur, et le triangle primordial se transforme en un ensemble de lignes, triangles, cercles et carrés pour former le Śri Yantra. Les différents modèles proviennent d'une transformation de la vibration originelle, et, à chaque étape, ils expriment le jeu des énergies statique et dynamique à des degrés divers de concentration.

Le Śri Yantra est nommé Nava Chakra parce qu'il est composé de neuf circuits, depuis les plans extérieurs jusqu'au bindu. En le contemplant, l'adepte peut redécouvrir ses origines. Les neuf circuits indiquent symboliquement les phases successives dans le processus du devenir. Ils partent du plan terrestre et s'élèvent graduellement jusqu'au point central, l'état de suprême joie. En pénétrant dans l'élan vital du yantra, l'adepte s'y réintègre. Les neuf circuits du Śri Yantra vont du monde grossier et tangible à l'univers sublime et subtil.

La périphérie du Śri Yantra se compose d'un carré, pourvu de quatre entrées, de couleur blanche, rouge et jaune. C'est le Bhūpura, le plan terrestre.

À l'intérieur du carré, on trouve trois cercles concentriques, les ceintures (mekhalā). L'espace compris entre le carré et les trois ceintures est le Trailokya-mohana chakra, ou Enchanteresse-des-Trois-Mondes ; à ce stade l'adepte est envahi d'aspirations et de désirs.

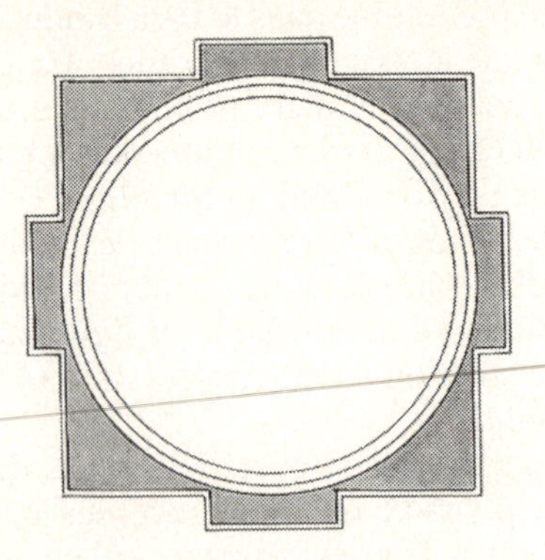

Trailokya-mohana chakra.

Puis viennent deux cercles concentriques formés respectivement de seize et huit pétales de lotus. Ils sont nommés Sarvā-śāparipuraka chakra et Sarva-śaṅkshobhaṇa chakra, et symbolisent l'accomplissement du désir.

Sarvā-śāparipuraka chakra.

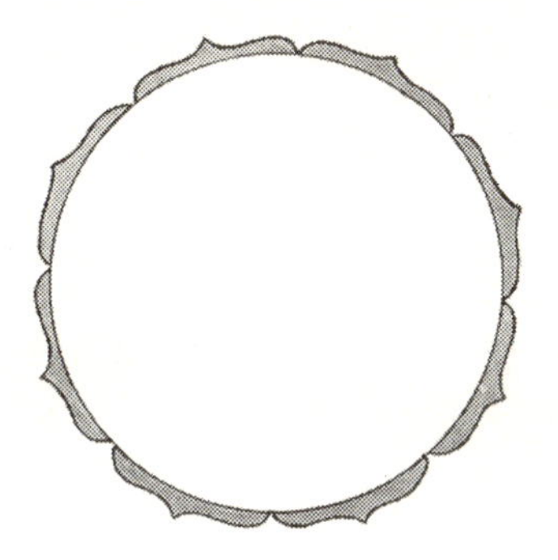

Sarva-śaṅkshobhaṇa chakra.

Le quatrième chakra, Sarva-saubhāgyadāyaka, ou Donatrice-d'Auspices, figure le monde des possibilités de l'ascension spirituelle ; il est composé de quatorze triangles formant la bordure du complexe entrecroisement des triangles.

Sarva-saubhāgyadāyaka chakra.

Les deux chakras suivants sont composés chacun de dix triangles. Nommés Sarvatha-sādhaka et Sarvarakshākāra, Réalisatrice-de-Tout-Dessein et Protectrice, ils indiquent le stade où la réalisation intérieure commence à poindre.

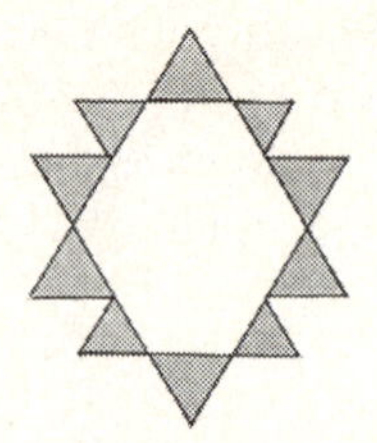

Sarvartha-sādhaka chakra. *Sarvarāshkāra chakra.*

Le septième chakra, composé de huit triangles, est nommé Sarva-rogahara, Celle-qui-supprime-tous-les-désirs-et-tous-les-maux, et représente le stade où l'adepte est libéré des liens terrestres et se trouve au seuil du cercle intérieur de réalisation.

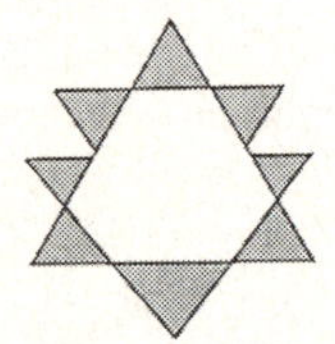

Sarva-rogahara chakra.

Un triangle renversé figure le huitième chakra, ou Sarva-siddhīprada, Donatrice-de-Tout-Accomplissement ; il correspond au stade ultime précédant la consommation de la réalisation. Tous les chakras triangulaires sont de couleur rouge, pour représenter l'énergie radiante, ou le dynamisme et l'ardeur du cosmos.

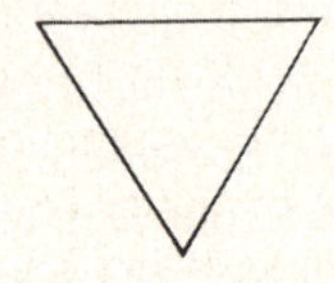

Sarva-siddhīprada chakra.

Le dernier chakra, le bindu, est connu sous le nom de Sarva-ānandamaya, Pleine-de-Joie. C'est le saint des saints, débordant de joie, où l'adepte participe à l'union. Le point est lumière, au-delà de toutes couleurs, et on le représente dès lors incolore.

•

Bindu : sarva-ānandamaya chakra.

Les neuf circuits du Śri Yantra sont aussi associés à quarante-trois divinités tutélaires, neuf classes de yoginis (yogis féminins), des syllabes sonores ou mantras, et des gestes ou mudrās, chacun de ces attributs ayant des caractéristiques et des fonctions symboliques distinctes. Lors de l'accomplissement des rites, l'identification avec ces éléments permet de créer un lien cosmique, via un équivalent visuel qui représente la totalité de l'existence. La plupart des yantras, sinon tous, ont une signification symbolique similaire, bien que certains soient spécifiquement consacrés à une force créatrice particulière, figurée par une divinité ou un mantra. Le Śri Yantra se distingue des autres en tant qu'il projette la « totalité ». Son riche symbolisme peut être compris conceptuellement avec le secours d'une analyse attentive, et la puissance qu'il manifeste ne peut être saisie instantanément. La compréhension progresse graduellement, jusqu'à ce que l'on soit à même de pénétrer dans le cercle et de saisir la totalité qui y est sertie. Peut-être est-ce la raison pour laquelle on a fort justement décrit ce yantra comme « la vaste et dense masse de conscience qui mène à la joie » *(Yogini Hṛidaya).* Témoignant de l'authenticité de la formule d'André Malraux, selon laquelle chaque chef-d'œuvre est une purification du monde, le Śri Yantra, du point de vue formel, est un chef-d'œuvre d'abstraction visuelle ; il doit avoir été créé sous l'effet d'une révélation plutôt que par l'ingéniosité et l'habileté humaines.

Tandis qu'un yantra est une forme linéaire, un maṇḍala, particulièrement dans la tradition tibétaine, est composé de structures complexes et de diverses figures iconographiques. Bien qu'il y ait une quantité innombrable de types de maṇḍalas, dans la plupart d'entre eux, la structure formelle, contenant un petit nombre de formes élémentaires, demeure constante. La forme prédominante est le cercle, ou des cercles concentriques, incluant un carré, parfois divisé en quatre triangles ; cette composition fondamentale est elle-même contenue dans un carré à quatre entrées. Dans les espaces d'un rouge ardent, d'un vert émeraude évanescent, d'un ocre doux, et d'un blanc de perle, des motifs sont finement peints : dessins labyrinthiques, images statiques et sereines de divinités en posture de méditation ou divinités terrifiantes environnées d'un nombre de flammes et de fumées. Des entrelacs floraux, le long de la bordure extérieure du cercle, enclosent souvent des palais célestes, des forteresses gardant les quatre portails, des divinités aux bras multiples caressées par des tourbillons de feu ou des franges de nuages, tout cela étant porteur de significations symboliques. Le centre du maṇḍala représente le foyer cosmique ; Vajrasattva, incarnation de la sagesse suprême, peut y siéger sur une couronne de lotus, en union avec sa Śakti, immergé dans un insondable océan de joie.

Analogue au cosmos, le maṇḍala indique une focalisation de la totalité. C'est une forme synergique qui reflète le processus cosmogénétique, le cycle des éléments, et intègre harmonieusement les opposés, le terrestre et l'éthéré, le dynamique et le statique. Il fonctionne aussi comme structure nucléaire du soi, instrument de la concentration, et véhicule de l'éveil. Les cinq composantes du maṇḍala – les quatre côtés et le centre – sont dotées d'une signification psychologique ; elles correspondent aux cinq éléments structurels de la personnalité lunaire, et aux cinq Bouddhas du Vajrayana ou Véhicule du Diamant : Vairochana, le Brillant, Akshobhya, l'Inébranlable, Ratnasambhava, la Matrice du Joyau, Amitātha, la Lumière Infinie, et Amoghasiddhi, la Réalisation Infaillible. Par la contemplation du maṇḍala, l'adepte atteint des niveaux élevés de conscience, et réalise l'union avec le cosmos :

« Les cinq Bouddhas ne demeurent pas de vagues formes divines exilées dans des cieux lointains, ils descendent en nous. Je suis le cosmos et le Bouddha est en moi. En moi brille la lumière cosmique, réside une présence mystérieuse, même si elle est obscurcie par l'ignorance. Les cinq Bouddhas sont de toute façon en moi, en tant que composantes de la personnalité humaine [1]. »

Tucci observe ensuite que « la Pure Conscience adopte cinq visages de couleurs différentes, d'où dérivent les cinq directions, et qui correspondent aux cinq "familles" de la tradition bouddhiste : Sadyojāta, blanc, à l'ouest ; Vāmadeva, jaune, au nord ; Aghora, noir, au sud ; Tatpuruśa, rouge, à l'est ; et Iśāna, vert, au centre [2] ». Les cinq couleurs correspondent aussi aux cinq éléments cosmiques : l'eau blanche, la terre jaune, le feu rouge, l'air vert, et l'espace bleu.

Le maṇḍala est une structure complexe qui crée les conditions d'un retour du psychisme à son puissant foyer. Aussi le processus initiatique est-il souvent considéré comme une progression vers le centre, au cours de laquelle l'adepte intériorise le maṇḍala dans sa totalité, équilibre les dimensions opposées projetées dans le symbolisme, et est finalement absorbé dans l'espace cosmique représenté symboliquement dans le cercle intérieur. Le processus d'intériorisation est une question de

1. Tucci, *The Theory and Practice of the Maṇḍala*, p. 51.
2. *Ibid.*, p. 50.

progression méthodique, car chaque circuit intérieur correspond à une étape dans l'ascension spirituelle. La limite extérieure figure une barrière de feu, c'est-à-dire la connaissance métaphysique, qui consume l'ignorance. Puis vient le cercle de diamants suggérant l'éveil ou l'indestructibilité, puisqu'une fois atteinte la connaissance ne peut être perdue. Dans les maṇḍalas consacrés aux aspects terrifiants des divinités, le motif iconographique représentant un cimetière est dessiné à l'intérieur de la ceinture de diamants et à l'extérieur du cercle interne. Il symbolise les huit aspects de la conscience désintégrée, c'est-à-dire ce qui lie l'adepte au cours commun de l'existence, et doit être surmonté au long du voyage spirituel. Les quatre portails qui se trouvent au milieu de chaque côté du maṇḍala sont habituellement flanqués de divinités effrayantes, les forces inconscientes d'obstruction qui doivent être vaincues pour que puisse être amorcé le processus de réalisation.

L'étape suivante est généralement représentée par une ceinture de pétales de lotus, de feuilles ou de guirlandes fleuries, symbolisant la renaissance spirituelle. Finalement, au centre, ou vimāna, se trouve le siège de la divinité, la zone cosmique qui correspond au stade ultime de l'intégration spirituelle.

Comme toute activité tantrique, la confection du maṇḍala est un exercice de contemplation, et une pratique de méditation, que l'on accomplit selon certains principes esthétiques définis et suivant de strictes formules visuelles. Pour être à même de reproduire correctement l'univers du maṇḍala, avec sa vaste symbolique, l'artiste doit s'entraîner à la visualisation dès son plus jeune âge. L'image, comme un miroir, reflète le soi intérieur, ce qui, en dernier recours, conduit à l'éveil et à la libération. Au Tibet, une telle pratique est connue sous le nom de « libération par la vue ». L'acte de voir est en soi une expérience libératrice. Dans les temps anciens, on utilisait pour la peinture des pigments minéraux et végétaux, comme des pierres précieuses écrasées, or, argent, turquoise, lapis-lazuli, etc. Les artistes contemporains utilisent des gouaches, ce qui rehausse l'apparence de leurs œuvres, mais leur ôte la subtilité nuancée d'antan. Durant les fêtes et les cérémonies en Inde, on couvre souvent les murs et les planchers de formes populaires de maṇḍalas, aux dessins et aux couleurs variées. Les femmes dessinent également des formes simples sur la paume de leurs mains, comme signes auspicieux et protecteurs.

En Occident, C. G. Jung s'est consacré à l'étude des maṇḍalas comme archétypes produits par l'inconscient collectif primordial, à partir des dessins réalisés par ses patients en cours de psychothérapie. Dans cette perspective, on considère le maṇḍala comme une représentation du psychisme dans sa totalité, une forme stable dans le processus d'individuation, unifiant des forces opposées pour les intégrer à la personnalité. De tels maṇḍalas individuels comportent une infinité de motifs et de symboles, tandis que les maṇḍalas rituels se limitent à des styles et à des figures définis. Il existe une autre ressemblance entre les maṇḍalas et les peintures réalisées sur le sable par les Navajos à des fins thérapeutiques rituelles. Dans ce dernier cas, la structure fondamentale est très similaire : autour d'un cercle indiquant le centre du cosmos, divers symboles désignent les éléments, les saisons et les quatre points cardinaux, les motifs figurant à l'intérieur et à l'extérieur du cercle étant interdépendants.

Par extension, on peut observer l'universalité du concept totalisant du maṇḍala dans la nature organique comme dans la conscience humaine. De l'atome à l'étoile, chaque structure particulaire représente une totalité en puissance qui se manifeste dans l'espace-temps selon sa nature propre. Il est possible que l'on se trouve, avec cette source d'inspiration, à l'origine de l'art du maṇḍala.

Le corps subtil et sa représentation

Dans la symbolique tantrique, les structures des divers centres psychiques du corps subtil sont représentées sous forme de lotus nommés chakras, et les circuits des flux d'énergie sont figurés par des spirales. C'est ce qui ressort de miniatures et de manuscrits. Tandis que les maṇḍalas et les yantras sont des motifs rituels, possédant une valeur opératoire pour l'adepte, ces peintures ressemblent plus à des cartes didactiques communiquant, dans un langage visuel imprégné de symboles, la structure interne du corps subtil visualisée par le yogin.

Le lotus est un symbole archaïque :

« Lorsque la substance de la vie divine est sur le point de déployer l'univers, des eaux cosmiques surgit un lotus à mille pétales, d'or pur, brillant comme le soleil. C'est la porte, l'entrée, la matrice de l'univers. Tel est le premier produit du principe créateur, l'or incorruptible[1]. »

Dans l'art tantrique, le lotus symbolise avec force le déploiement du soi et l'expansion de la conscience, qui conduit l'adepte des obscurs tréfonds de l'ignorance aux sommets radieux de l'éveil intérieur. De même que le lotus pousse dans l'obscurité de la boue, et s'épanouit, en toute splendeur et pureté, à la surface des eaux, sans être souillé par la vase qui le nourrit, de même le soi se transcende et se transforme-t-il, au-delà de ses limites corporelles, sans être corrompu par l'illusion ni l'ignorance.

Tandis que dans les modèles de yantras le cercle de pétales de lotus figure généralement une étape de la réalisation du processus spirituel, dans le symbolisme des

1. Zimmer, *ibid.*, p. 90.

chakras, ou centres psychiques du corps humain, les lotus représentent l'expérience du mouvement ascendant de l'énergie en ses diverses étapes, chaque pétale signifiant l'éclosion d'une qualité ou d'un attribut psychique, jusqu'à ce que l'on atteigne le sommet de la perception spirituelle, symbolisé par le lotus à mille pétales situé au-dessus de la tête, le Sahasrāra chakra. Ainsi la forme du lotus fonctionne-t-elle à l'égard du corps subtil comme un indicateur qualitatif, au sein d'une énergétique qui est aussi une esthétique. Sa nature dynamique est soulignée par le voisinage du symbole de la spirale, représentant le flux d'énergie. Chaque chakra est affecté d'un certain nombre de pétales et d'une couleur correspondante : Mūlādhāra, lotus rouge à quatre pétales ; Svādhisṭhāna, vermillon à six pétales ; Maṇipūra, bleu à dix pétales ; Anāhata, d'or à douze pétales ; Viṣūddha, pourpre sombre à seize pétales ; Ājñā, deux pétales blancs évoquant la forme du troisième œil ; et, enfin, le lotus à mille pétales – lumière de mille soleils.

Le lotus représente également l'élément subtil et omniprésent, l'espace ; l'espace et la conscience sont identiquement infinis. « Véritablement, ce qui est appelé Brahman (Pure Conscience) est l'espace extérieur comme l'espace intérieur » *(Chandogya Upanishad).* Lorsque l'adepte prend conscience de l'immensité de l'espace qui l'environne, il perçoit simultanément les espaces infinis de l'expérience intérieure.

Kuṇḍalinī, la spirale créatrice.

La spirale représente l'ascension spirituelle impliquée dans le devenir. Le déploiement créateur de l'énergie féminine, ou Kuṇḍalinī Śakti, le flux d'énergie, prennent la forme souple et ondulante de la spirale. La Kuṇḍalinī au repos est symbolisée par un serpent enroulé autour de l'axe central, ou Svayambhulinga, faisant trois tours et demi sur lui-même, et se mordant la queue, prêt à se dresser et à s'unir à la conscience cosmique. Les mouvements sinueux des courants d'énergie autour de la Sushumṇā, le conduit subtil central, leur mouvement d'expansion et de contraction à l'éveil de la Kuṇḍalinī, sont dessinés sous forme spiraloïde. La spirale symbolise la réflexion des rythmes cosmiques dans le corps humain.

De prime abord, la plupart des formes symboliques, dans le tantra, semblent des représentations hypothétiques, mais il ne serait pas surprenant que ces signes spontanés et authentiques offrent des clés permettant de saisir la nature de l'univers. Jung cite l'exemple frappant de Kekule, le chimiste du XIXe siècle qui dut ses découvertes scientifiques à la révélation de l'antique image du serpent se mordant la queue ; il l'interpréta pour décrire la structure carbonique du benzène sous la forme d'un cercle fermé.

Les pierres ovoïdes Brahmāṇḍas, ou Śiva-liṇgas, et les Sālagrāmas sphéroïdes symbolisent la totalité au sein de laquelle les principes masculin et féminin sont éternellement unis. Dans l'expansion créée par une simple courbe ovale ou circulaire, la matière est amenée à dévoiler sa véritable nature, de telle sorte que l'inerte devient vivant. Loin de la profusion décorative ou de la corruption associative, l'universalité de ces formes et de leur contenu, leur impersonnalité, leur étroite relation à la nature permettent à ce type d'art d'être reconnu et accepté par tous.

L'imagerie tantrique atteint son plus haut degré d'abstraction dans l'expression de la Pure Conscience qui imprègne l'univers. Ces peintures dépeignent l'absolu sous l'aspect d'une totale absence de formes, et indiquent la présence spirituelle par un champ saturé de couleur, qui entre en résonance avec l'infini. L'immensité alogique de la couleur représente le champ de forces de Śakti à l'état pur, lorsque le processus cosmique est revenu à l'entropie. Toutes formes et structures dissoutes, il ne reste, comme référence à l'absolu, que l'essence de l'énergie primordiale – présence joyeuse. De telles peintures incarnent également l'idéal le plus élevé de l'expérience méditative, et évoquent donc l'ultime étape de la réalisation spirituelle, souvent accompagnée d'une expérience intense de la lumière.

Cosmogrammes

On trouve, dispersées dans les écritures tantriques, des descriptions des origines de l'univers ; les traits caractéristiques de la cosmogenèse ont été représentés à toutes les échelles, de la miniature à la fresque. Les cartes cosmologiques et astrologiques, les calculs astronomiques et les observations de phénomènes naturels revêtent un intérêt particulier. Ces représentations, procédant d'une construction philosophique d'une image du monde, fournissent un arrière-plan à la sādhanā (pratique), en concrétisant des visions solaires ou planétaires : un soleil doré, étincelant, irradiant le feu originel, des orbes stellaires ou une lune décroissante, un petit globe placé au centre de zones atmosphériques et de champs d'énergie. Dans une autre série, ces images culminent dans la magnifique représentation de l'homme cosmique, dont le corps est couvert d'une structure quadrillée évoquant quelque tableau de Paul Klee. Encore plus énigmatiques, et fourmillants de symboles picturaux, sont les diagrammes figurant Jambu-dvīpa, le continent insulaire central, dans le système cosmologique.

Les cosmogrammes tantriques sont fondés sur la perception intuitive plutôt que sur l'observation, et certains d'entre eux peuvent ne pas trouver de répondant concret dans le monde phénoménal. Ils sont comme un miroir céleste reflétant les images de l'univers. Dans ces représentations, le principal souci de l'artiste est de donner forme et structure à des idées cosmogoniques. Le cosmos est la matérialisation d'un ordre, et les diverses manifestations naturelles sont maintenues par une trame mathématique. Comme le monde en général, ces figurations abstraites sont aussi basées sur des relations mathématiques. Mais l'univers des galaxies et des systèmes planétaires n'est pas toujours dépeint comme une masse froide et intellectualisée ; certaines images incluent des symboles cryptiques dérivés de la mythologie. Quel que soit son attrait visionnaire, le traitement de la forme est dépourvu de grandiloquence ou de ferveur dévote. Ainsi, par exemple, l'univers est composé de trois zones, ou lokas : dans l'ordre ascendant, les régions souterraines, la surface terrestre, les espaces célestes. Dominant le centre de l'univers se trouve le mythique mont Meru, entouré par la terre, ou Jambu-dvīpa, le continent insulaire, environné par sept cercles concentriques représentant symboliquement des zones atmosphériques, des sphères célestes, des champs cosmiques. Autour du dernier cercle, la sphère cosmique sépare le visible du non-visible ; au-delà, c'est le domaine de l'espace du non-univers, ou aloka. Le diagramme correspondant à cette idée est un disque circulaire contenant sept cercles, ou courants verticaux, concentriques, et de l'ensemble émane une simplicité ascétique propre à la transmission du message. Dans le tantra, observe Philip Rawson, « on rassemble le monde extérieur en un seul acte contemplatif. On identifie le mont Meru à l'axe du corps, un conduit subtil nommé Meru-danda ou Shushumṇā. Le diagramme implique que l'univers potentiellement ouvert à la connaissance de chaque être humain est un “cercle” émanant de son propre centre axial[1] ».

De nombreux cosmogrammes proviennent de sources Jaïna, et une idée intéressante apparaît dans le diagramme du Purusha cosmique (Purushakara Yantra) qui décrit les potentialités immenses, n’atteignant rien moins que les dimensions du cosmos, contenues dans le corps humain. D’un autre point de vue, ce diagramme décrit également l’être humain qui est devenu le cosmos, c’est-à-dire, métaphoriquement, a atteint la réalisation de son être. L’homme cosmique, monumental, se tient debout. L’image contient une réplique entière de l’univers : les catégories et substances cosmiques, espace, temps, mouvement, repos, matière, les schémas cosmographiques et les sphères denses et subtiles du monde. Le cosmos entier est résumé dans la vision de la dualité microcosme-macrocosme. Dans les textes Jaïna la forme de l’univers est décrite à l’image d’un être humain debout, les jambes écartées et les mains sur les hanches. La région supérieure est composée de seize cieux soit soixante-trois niveaux. Le monde intermédiaire, qui coïncide avec le plan terrestre, contient d’innombrables anneaux concentriques de continents et d’océans autour de Jambu-dvīpa. Le monde inférieur, en forme de demi-tambour, est composé de sept zones souterraines, soit quarante-neuf niveaux. Divers éléments combinés selon un ordre hiérarchique dessinent la structure architectonique, tandis que la forme et la couleur introduisent des rythmes dans la composition. Ainsi l’homogénéité du cosmos est-elle exprimée par la combinaison de carrés rouges et ocre qui recouvrent le corps de l’homme cosmique. Du fait de leur taille monumentale, ces manuscrits dégagent une puissance majestueuse : l’observateur est attiré dans leur espace vibrant s’il veut appréhender la totalité cachée. La fonction de la forme y

1. Rawson, *The Art of Tantra*, p. 139.

est purement analytique, elle expose ce qui prend place dans notre propre corps – insistant sur le fait que l'être humain seul est la mesure de toute chose. Nous devons rentrer dans notre propre matrice pour nous trouver.

L'astronomie, science des corps célestes, exerça une influence décisive sur le tantra. Les rythmes célestes et les mouvements des planètes déterminent le moment des divers rites. En conséquence, les signes planétaires furent intégrés aux cosmogrammes, enrichissant les diagrammes tantriques de quantité de motifs géométriques. Lorsque l'art des cartes du ciel se cristallisa, on en exclut tout motif imagé, et l'accent se porta sur la représentation des éléments du monde phénoménal. L'espace, le temps, la lumière et le mouvement étaient conçus sur l'arrière-plan des phénomènes atmosphériques. Les calculs astronomiques, comme la plupart des diagrammes tantriques, sont aussi composés selon des proportions mathématiques : les grilles de couleurs pastel donnent une impression de simultanéité analogue à celle produite par une mosaïque ; les courbes dynamiques encerclant les orbes solaire et lunaire créent une puissante sensation immédiate. Les signes planétaires abondent : le soleil, disque rouge ; la lune, croissant opalescent ; Mars, triangle vermillon ; Mercure, gouttelette de sève verte ; Jupiter, ligne droite et jaune ; Vénus, étoile bleue à cinq branches ; et Saturne, pourpre, la plus dense de toutes les couleurs. Innombrables, d'autres formes, biomorphiques ou abstraites, résultèrent de la rencontre de formes primaires, en vue de représenter des concepts astronomiques. Parmi les observatoires, le Jantar Mantar de Jaïpur et le Dakshina Vritti Yantra, gravé sur la chaux d'un mur, à l'observatoire Ujjaïn qui fut construit au début du XVIIIe siècle, n'atteignent pas seulement une grande beauté fonctionnelle, mais sont de remarquables exemples de formes abstraites.

À l'inverse des psychogrammes, les cosmogrammes sont orientés vers l'univers extérieur. Ce sont des cartes des phénomènes naturels, surgissant de l'impulsion fondamentale qui pousse à codifier la réalité externe. De même que, dans l'art contemporain, les notions d'espace, de temps et de mouvement ont été directement influencées par les découvertes scientifiques modernes telles que la théorie de la relativité d'Einstein, les conceptions noneuclidiennes de Minkowski et d'autres découvertes de physique nucléaire, de la même façon, les cosmogrammes tantriques sont d'abord des interprétations d'une réalité complexe assise sur des normes scientifiques. De son côté, le psychogramme est orienté vers l'intérieur ; à travers lui, l'adepte réalise l'unification du soi par le moyen de la symbolique visuelle (yantra, maṇḍala), jusqu'à ce qu'il y soit totalement absorbé. Le psychogramme est *là-dedans*, le cosmogramme est *là-dehors*. Le Purushakara Yantra et les diagrammes de Jambu-dvīpa sont cependant intimement liés au processus de la réalisation interne et servent dès lors d'alliés aux psychogrammes.

Bipolarité

Contrastant avec la sérénité des formes abstraites, les portraits de Prakṛiti sous son aspect terrifiant sont violemment expressifs. Nous avons vu que la philosophie tantrique posait une dualité fondamentale, l'image terrifiante représente l'aspect négatif des forces vitales créatrices. Sous son aspect créateur, Śakti apparaît comme une enchanteresse – « la plus belle des trois mondes » – et elle met en œuvre ses pouvoirs bénéfiques. Sous son aspect négatif elle est démystifiée et transformée. L'image conjugue l'intensité et la nudité avec une telle violence que l'incommunicable cesse d'être mystérieux. Kālī, l'une des daśa-mahavidyās tantriques les plus importantes, apparaît sous son aspect négatif comme un conglomérat d'éléments terrifiants. Bien que le tableau soit plein de symboles effrayants, une lecture superficielle n'en dégage pas le sens véritable, car ils sont ambivalents. Kālī symbolise la puissance cosmique active du temps éternel (Kāla) et, sous cet aspect, elle représente l'annihilation, car ce n'est qu'au prix de sa mort ou de sa destruction que la graine de vie peut germer. De même que la destruction de la semence est nécessaire à la naissance de la plante, de même la désintégration est une étape normale et nécessaire dans la nature en développement. Kālī incarne la création, la préservation et la destruction. Elle inspire à la fois la terreur et la ferveur. En tant que force désintégrante, elle est peinte en noir, car « toutes les couleurs disparaissent dans le noir, de la même façon, tous les noms et les formes disparaissent en elle » *(Mahānirvāna Tantra).* La densité du noir est également identifiée à la Pure Conscience massive, compacte, homogène. Dans les hymnes, la déesse Kālī est décrite comme digambari, vêtue d'espace – sa nudité la libérant de tous les vêtements d'illusion. Sa poitrine est découverte, elle assure sa fonction maternelle de création et de préservation. Sa chevelure dénouée, elokeshī, forme un rideau mortel qui environne mystérieusement la vie. Son collier de cinquante têtes humaines, chacune représentant une lettre de l'alphabet sanscrit, symbolise la réserve de puissance et de connaissance ; les lettres sont des éléments nucléaires du monde sonore, qui figurent le pouvoir des mantras. Elle porte une ceinture de mains humaines : les mains sont les principaux instruments de travail, aussi symbolisent-elles les effets du karma, ou de l'accumulation des mérites, dont on doit jouir dans les incarnations à venir ; elles nous rappellent constamment que l'ultime liberté est conditionnée par les fruits de nos actions. Ses trois yeux régissent les trois dimensions de création, préservation et destruction. Ses dents blanches, symboles de sattva, la substance intelligente translucide, coupent sa langue pendante qui est rouge, comme rajas, ce niveau spécifique de l'existence qui conduit à tamas, l'inertie. Kālī est pourvue de quatre mains : une main gauche tient une tête coupée, évoquant la destruction, et l'autre brandit l'épée de l'extermination physique, avec laquelle elle tranche les liens de l'attachement. Ses deux mains droites dissipent la peur et exhortent au courage spirituel. Elle est la puissance primordiale, illimitée et inchangeante (Ādyāśakti), qui éveille les énergies non manifestées de Śiva, son partenaire. Leur union inséparable reflète la non-dualité.

Cette conception de Kālī correspond à la magnifique représentation de Śiva comme Natarāja, ou Seigneur de la danse, résolvant et harmonisant les forces opposées de création et de destruction, c'est-à-dire l'essence véritable de toute existence.

Il semble bien que ces images incarnant la destruction aient été composées dans un état de rêverie surréelle. Elles unissent à la description naturaliste la perception intuitive, et leur aspect épouvantable peut transporter l'observateur dans un monde surnaturel. D'un point de vue esthétique, elles projettent le spectateur au-delà de la réalité banale, et l'éveillent à l'existence d'un monde profondément différent : tragique, mouvementé, agressif. Ces images dénudent la réalité, elles stimulent l'élargissement de la conscience, et provoquent des expériences extraordinaires, riches de contenu spirituel. Elles semblent surgir d'un fonds irrationnel, mais en même temps, elles s'inscrivent rationnellement à l'intérieur de limites rationnelles. Chinnamastā, par exemple, la déesse décapitée, tient en main sa tête coupée ; mais le démembrement de son corps n'est pas à prendre au pied de la lettre, car l'image est indissociable de la signification qu'elle véhicule, et de l'impact visuel qu'elle provoque.

La dimension terrifiante de ces représentations disparaît complètement dans les formes sculptées ou peintes d'āsanas tantriques. Sur les bas-reliefs des temples de Konarak et de Khajuraho, l'expression de la sensualité est développée jusqu'à son terme logique, au point de démolir presque entièrement les barrières esthétiques, et d'obliger l'observateur à réaliser qu'en définitive, l'art c'est la vie. Ce qui est juste et fondamental dans la vie doit l'être également dans l'art. Il n'est plus question de l'« indulgence provocatrice » de la partenaire féminine, devant laquelle Roger Fry recula avec un sursaut d'horreur puritaine. Nous sommes ici confrontés à la joie, à la jouissance extatique dans toutes ses possibilités plastiques. Ces figures masculines et féminines sont entraînées par l'énergie créatrice vers l'éveil intérieur, à travers la dynamique de l'āsana. Leur enthousiasme extatique les libère de la contradiction entre les pulsions vitales et l'existence sociale.

Si l'on considère les sculptures de mithuna (union sexuelle), en particulier au temple Lakshmana à Khajuraho, il serait erroné de confondre la signification des bas-reliefs courant le long de la base du temple, avec celle des sculptures de la portion supérieure. Les figures de mithuna sculptées à la base du temple décrivent toute la gamme des activités de la vie profane, y compris divers actes sexuels. Mais, à l'étage au-dessus, on rencontre des figures accouplées représentant l'union des principes antinomiques ; ces symboles de l'union transcendante ne véhiculent pas le même message que les représentations de jeux sexuels grossièrement limités au plan terrestre de l'existence. Bien plus, les figures sculptées de chaque côté de l'étage supérieur du temple peuvent être interprétées symboliquement du point de vue tantrique comme la représentation des deux canaux subtils, Īḍā et Pingalā, de chaque côté de la Sushumnā, le conduit central menant à la cella du temple. Selon l'authentique tradition tantrique, ces figures décrivent l'ascension de l'énergie sexuelle, lorsqu'elle quitte son séjour coutumier dans les plans ordinaires, s'élève à un niveau supérieur, et se transforme en énergie sublimée qui éveille la Kuṇḍalinī dormante. Ces figures entrelacées, avec leurs courbes sinueuses, parlent d'autre chose que d'une simple jouissance sensuelle. Elles évoquent clairement la pratique yogique de l'āsana tantrique en vue d'atteindre la réalisation via l'union avec une partenaire féminine, Śakti, et c'est sans doute pourquoi les postures sont si peu conventionnelles et tellement complexes.

Les mithunas sculptées de Konarak sont également splendides. Leur valeur sculpturale du point de vue formel, leur plénitude tridimensionnelle, leur haute qualité rythmique correspondent, peut-être pour la première fois, à une complète maîtrise du matériau, à côté de leur valeur rituelle. Ainsi l'imagerie tantrique, terrifique ou béatifique, a-t-elle suscité quelques-unes des représentations les plus dynamiques et sublimes de l'art indien.

La théorie esthétique indienne du rasa, développée par Abhinavagupta au Xe siècle de notre ère, donne une précieuse clef permettant d'accéder à la compréhension des états de conscience impliqués par l'imagerie tantrique. *Rasa* signifie tout à la fois « saveur », « goût », « sentiment » ou « émotion ». Toute œuvre d'art, quelles que soient ses limites, a la possibilité de provoquer certaines émotions. La théorie du rasa insiste sur l'importance de cette valeur expérimentale de l'œuvre d'art en mettant l'accent sur l'expérience elle-même. Lorsque surgit une émotion particulière, on fait l'expérience du rasa correspondant. Toutes les images classiques de l'art indien, y compris celles du tantra, peuvent être classées *grosso modo* en fonction des neuf principaux rasas abstraits. Les images effrayantes stimulent tamas, la qualité liée à la fureur et à la terreur ; à l'opposé, le silence et la compassion sont associés à sattva, la pureté. Les Brahmandas ovoïdes et sphéroïdes entrent dans cette catégorie, puisqu'ils sont considérés comme des fragments de matière spiritualisée, irradiant un calme indestructible. Les rasas de l'amour, du courage, du rire et de l'étonnement proviennent de tendances rajasiques. De même, les séries d'āsanas, destinées au premier chef à montrer la tendance à l'union des forces opposées, peuvent être rattachées à rajas. Tout en n'ayant rien d'absolu, ces divisions soulignent à quel point l'éventail des formes expressives du tantra est perceptible par nos sens, dès lors que ces formes ont le pouvoir d'éveiller en nous des émotions.

En étudiant la structure de la composition des motifs sculpturaux dans les temples monolithiques de l'ouest et du sud de l'Inde (datant du VIe au IXe siècle de notre ère), Alice Boner a découvert que ces sculptures étaient fondées sur des principes géométriques semblables à ceux qui régissent la composition des yantras. La composition structurale de ces figures dépend d'un point central vers lequel convergent tous les éléments ; ce principe d'un point central comme base de la composition est analogue au concept tantrique de Bindu. Les réseaux de lignes de forces qui rejoignent le centre et l'organisation concentrique des motifs peuvent être vus comme un développement et un élargissement des tracés des yantras dans un sens figuratif.

« L'analyse des panneaux sculptés dans les anciens temples monolithiques, écrit Alice Boner, a révélé l'existence de diagrammes géométriques de construction analogue. Ces sculptures ont toutefois des traits spécifiques qui les différencient des yantras, et les rendent aptes à la composition figurative. La différence consiste en ce que la surface circulaire, au lieu d'être remplie de figures géométriques entrecroisées, est divisée en zones régulières par un nombre pair de diamètres, puis subdivisée par des lignes parallèles aux diamètres, qui courent d'un bord à l'autre du cercle. Toutes les formes inscrites à l'intérieur du cercle sont placées en correspondance avec certains des diamètres ou avec leurs parallèles, et elles participent ainsi, directement ou non, au déploiement concentrique du diagramme. De cette façon tous les éléments de la composition sont reliés au point central [1]. »

1. Boner, *Principles of Composition in Hindu Sculpture*, p. 25.

Les yantras et les maṇḍalas ont aussi influencé les plans des temples hindous et les tracés d'urbanisme. Dès le IIIe siècle avant notre ère, la forme du stupa bouddhiste, à l'origine un monument destiné à recevoir des reliques du Bouddha, était basée sur le cercle et le carré. Les plans des temples postérieurs indiquent qu'ils étaient bâtis sur une grille aussi stricte qu'un échiquier. Les trois principales formes géométriques, le carré, le triangle équilatéral et le cercle, étaient reliées suivant le principe de symétrie des diagrammes de yantras. Dans l'un des plus anciens traités d'architecture, on trouve le Vāstu-Purusha maṇḍala, qui peut être dessiné de trente-deux façons. La plus simple consiste en un carré, tandis que les autres s'obtiennent en divisant ce carré en quatre, neuf, seize, vingt-cinq cases, et ainsi de suite, jusqu'à mille vingt-quatre petits carrés. Selon les principes tantriques, l'orientation spatiale des temples devait créer un microcosme à l'image du macrocosme et des lois qui le régissent. Alors qu'on connaît peu d'exemples d'influences tantriques sur l'art indien, il reste beaucoup à faire pour mettre en lumière tous les aspects de l'influence tantrique sur l'architecture sacrée et l'urbanisme.

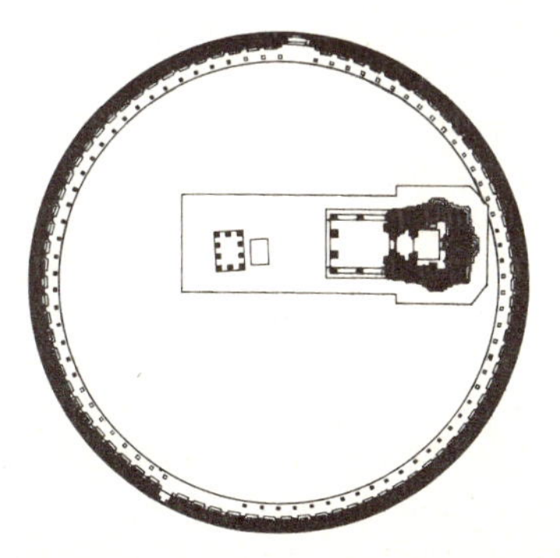

Plan du temple des Soixante-Quatre Yoginīs (Chauśatti Yoginī), Bheraghat, Madhya, vers le XIIe s.

La confection de l'image

Dans l'art tantrique, l'image doit correspondre au texte canonique original ; toute omission, toute erreur est considérée comme l'indice d'un manque d'attention ou d'une réalisation imparfaite. Dans un tel cas, l'image est écartée et la composition en est différée. Le stimulus initial de la visualisation est invariablement produit par le dhyāna-mantra, ou quelque équivalent sonore, qui accroît la concentration et fonctionne comme une formule de transe. Par exemple, la formule de transe de la déesse Bhuvaneśvarī, l'une des daśa-mahāvidyās tantriques, se lit ainsi :

« Je te rends hommage, gente dame Bhuvaneśvarī, pareille au soleil levant, radieuse, victorieuse, destructrice des imperfections par la prière, porteuse d'une couronne étincelante, pourvue de trois yeux et de boucles d'oreilles qui se balancent, incrustées de diverses pierres précieuses, dame-lotus débordante de trésors, qui fais les gestes de la compassion et de l'encouragement. Tel est le dhyanam de Bhuvaneśvarī. »

La visualisation de l'artiste est un processus mental, aussi ne cherche-t-il pas d'adéquation à un modèle extérieur. Par exemple, Shilpi-yogin réduisit l'image anthropomorphique de Kālī à un simple motif géométrique – un triangle inscrit dans un cercle. Krīṃ, le bījamantra qui en est presque l'équation sonore, réalise une forme encore plus simple, dans laquelle l'essence du concept est latente.

À propos de la réalisation de la vision yogique, Sukracharya déclare : « Lorsque la conscience est amenée au repos dans la forme (nāma, le nom, l'idée) et ne voit qu'elle, alors, en tant qu'elle s'y repose, elle en perçoit l'aspect, et seule la référence demeure ; on atteint ensuite le monde-sans-perception-de-l'aspect, puis, avec plus de pratique, la libération de toutes les entraves. » Cette profonde discipline amène l'artiste à visualiser le plus haut degré d'abstraction, et le conduit dans le domaine de la couleur pure, où toutes les images sont bannies d'un champ visuel non structuré.

Dans cette forme de discipline, l'art et le culte ne peuvent être qu'artificiellement séparés. Le processus de confection de l'image, impliquant un ensemble complexe d'activités internes, parmi lesquelles l'application de méthodes yogiques, crée les conditions psychiques nécessaires à l'atteinte de la réalisation spirituelle. La dynamique de cette impulsion déplace l'objectif de l'art, qui d'une fin en soi devient un moyen. L'artiste poursuit sa tâche en observateur détaché, libéré de tout ce qui flatte la vanité individuelle. Son chemin est celui de l'action désintéressée, qui suppose une annihilation totale de l'ego ; sa constante intention n'est pas d'exprimer son moi, mais ce qui doit être exprimé – de révéler une « thèse ». Un art de cette nature, où l'individu s'emploie à pourfendre les obstacles liés à son ego en vue de se fondre dans la conscience universelle, est toujours resté anonyme. Il est rare que les travaux des Shilpi-yogins soient signés ou portent la marque d'une identité individuelle, car la moindre trace d'exhibitionnisme rendrait toute l'entreprise futile. L'impact de la discipline esthétique sur la personnalité de l'artiste est lui-même tellement fort que nombreux sont ceux qui, s'y étant engagés, sont devenus finalement, et inévitablement, des saints.

Bien que des siècles les séparent, l'univers des signes de l'art tantrique et les œuvres abstraites de beaucoup d'artistes modernes se déploient parallèlement. Le tantra semble avoir anticipé de nombreuses formes qui n'ont été redécouvertes que récemment dans les œuvres des artistes contemporains. Ce qu'un artiste moderne s'emploie à réaliser par la distillation et l'expression de sa conscience personnelle surgissait spontanément dans la vision esthétique de l'artiste tantrique à l'intérieur d'un système de signes collectivement défini.

Il existe une similarité entre les aspects spirituels de l'art tantrique et les œuvres de plusieurs artistes abstraits du XXe siècle, tels que Klee, Mondrian ou Brancusi. Pour ces derniers, l'art n'était pas seulement une manifestation optique, mais aussi la révélation de certains concepts métaphysiques. La principale préoccupation de Mondrian, par exemple, était de transcender le particulier pour exprimer l'universel. Tout au long de sa vie, il s'intéressa à la philosophie indienne, et fit se rencontrer les expressions plastique et spirituelle. La thématique verticale/horizontale de son œuvre reflète le jeu de forces contrastées : masculin et féminin, actif et passif, esprit et matière ; lui-même parla de l'équilibre dynamique qui constitue la réalité. Mondrian identifia la verticalité au principe masculin et l'horizontalité au principe féminin. De façon similaire, Paul Klee explora l'énergie spatiale à travers la notion de bipolarité : « Un concept est impensable sans son contraire – chaque concept a un contraire, plus ou moins dans la façon de la thèse et de l'antithèse. » Pour exprimer, dans son essence, l'éternelle dialectique du statique et du dynamique, il aligna la notion de polarité sur la géométrie, créant une harmonie infiniment variée de plans colorés. Les affinités picturales de ces peintres avec l'art du tantra et leurs conceptions métaphysiques évoquent irrésistiblement la philosophie tantrique de la bipolarité. De même, il existe une frappante ressemblance sculpturale entre les ovoïdes primordiaux de Brancusi et les Brahmāṇḍas du tantra. Métaphysiquement, les deux formes opèrent au même niveau – la représentation de la totalité. De fait, en 1933, le maharajah d'Indore commanda à Brancusi, pour le Temple de la Délivrance, une œuvre conçue sur le modèle de cette forme ovoïde primordiale. Les paroles de Kandinsky, également, évoquent la dialectique forme/son du tantra :

« Le son est l'âme de la forme, qui vient à la vie seulement par la formulation du son. » Plus récemment, Delaunay, Rothko, Reinhardt, Newman, en Occident, et Biren De en Inde, ont témoigné de la relation visuelle frappante qui existe entre l'art tantrique et leur propre travail. Comme leurs prédécesseurs, ces artistes étaient conduits par la même impulsion intérieure à transformer un rêve en vision.

La vision contenue dans les diverses idéologies du tantra peut-elle aider l'artiste à se recréer lui-même ? Toute réponse rapide et facile conduira à l'auto-illusion. Le tantra vivant recouvre certaines disciplines culturelles, et la création de ses formes esthétiques ne peut être dissociée des intentions originelles. L'histoire se répète en de nombreux phénomènes – guerres, paix, révolutions – mais en son sein de nouveaux modèles prennent forme, de nouvelles situations surgissent – qui contiennent pourtant toujours un élément de continuité, dont le « génie » ne se perd jamais. Dans une telle perspective, il se peut qu'une hybridation de l'art contemporain par les idées tantriques engendre de nouvelles visions, des rythmes nouveaux, des structures extérieures différentes, quoique l'expérience sous-jacente demeure fondamentalement la même. L'art du tantra a ouvert les portes de notre perception, et il a donné au monde, comme toute grande civilisation, une créativité esthétique induisant une vision du monde. Certaines formes artistiques qui nous parviennent dans un anonymat légendaire resteront sans parallèle dans l'histoire de l'art indien, comme dans le contexte plus large de l'art des diverses cultures.

Science

Les conceptions scientifiques du tantra se déploient parallèlement à sa métaphysique. Cette dernière fournit une téléologie inhérente et un cadre ontologique greffés principalement sur le système Sāṁkhya (vers 500 av. J.-C.) et la pensée védique et védantique (premier et deuxième millénaire avant notre ère), à l'intérieur desquels se sont développés l'art et le rituel. De son côté, la science a aidé à l'accouchement des dogmes, et elle a donné aux rites tantriques une dimension expérimentale. Les tantrikas ont pratiqué des expériences surtout dans le domaine des opérations chimiques, en particulier celui de la préparation de remèdes, à base principalement de soufre et de mercure. Le tantra n'a développé aucun système indépendant de pensée scientifique, mais il a puisé librement, à ses propres fins, dans les divers aspects de la connaissance scientifique de l'Inde ancienne. Les aspects de la science qui avaient un intérêt pratique pour le rituel revêtaient la plus haute importance. Ainsi, l'astronomie et l'astrologie, qui révélaient le mouvement du vaste spectre de corps célestes et leur interaction avec le corps et la destinée des êtres humains, permettaient la confection de cartes du ciel et la détermination des périodes cérémonielles. De façon similaire, les notions concernant les structures atomiques et moléculaires dans le système Nyāya-Vaiśeshika servirent dans l'élaboration des formules chimiques ; et le principe tantrique de la bipolarité fut confirmé par la théorie de l'évolution cosmique dérivée principalement du système Sāṁkhya-Patañjali. La connaissance mathématique et géométrique fournit des clefs utiles pour la construction de divers types de yantras. Cette tendance syncrétique fit du tantra un système souple et ouvert, et lui permit de fondre en son sein de nombreuses disciplines.

De tout temps, l'être humain s'est posé la question de l'origine et de la nature du cosmos ; seuls changent le contexte de la recherche et les méthodes employées pour parvenir à des réponses satisfaisantes. Par définition, la science fonde sa recherche sur des observations, et recourt à des méthodes expérimentales, pour obtenir des données vérifiables. C'est le domaine de la connaissance *a posteriori*, fondée sur des faits empiriques, diamétralement opposé au domaine de la connaissance *a priori*. Paradoxalement, les disciplines empiriques et intuitives ont un commun dénominateur : toutes deux transcendent les apparences du monde phénoménal et pénètrent dans l'inconnu pour dévoiler les mystères de l'univers. Ces deux méthodes étaient appliquées dans l'Inde ancienne. Certaines propositions étaient tirées de la méthode expérimentale : les faits étaient observés, les exemples soumis à une analyse attentive, et leurs résultats vérifiés par des moyens empiriques. Cette méthode fut, en particulier, à la source des théories physico-chimiques, et de certaines généralisations astronomiques, qui atteignirent un remarquable degré d'approximation par rapport aux chiffres de la table de Laplace. Une telle similarité peut seulement s'expliquer par le fait que les résultats étaient obtenus au terme d'un processus de vérification et de correction, en comparant les données provenant du calcul et celles fournies par l'observation. Il y avait toutefois des exceptions à cette approche systématique, spécialement lorsqu'on avait recours à des explications quasi empiriques.

Aux temps anciens, les doctrines philosophiques et les

théories scientifiques étaient mêlées, aussi de nombreuses formulations scientifiques étaient-elles fondées sur une vision intuitive. Une impression soudaine, un flot d'images ou une expérience subliminale peut surgir dans l'esprit conscient ; quelque personnels qu'ils puissent paraître, ces phénomènes psychiques n'en sont pas moins reliés à des faits objectifs, avant qu'aucune recherche expérimentale puisse prendre place. Ainsi, par exemple, selon Manu (vers 300 av. J.-C.), « les arbres et les plantes sont doués de conscience et ressentent le plaisir et la douleur » ; cette position fut reprise plus tard par Udayana, ainsi que Gunaratna (XIVe siècle de notre ère), selon lequel, outre sa croissance, la plante se caractérise par divers types de mouvements, ou actions, ressemblant au sommeil, à l'éveil, à l'expansion, ou à la contraction si on la touche, et manifeste une sensibilité à la nourriture et au milieu. Ces déclarations furent considérées comme fantaisistes ou mythologiques jusqu'à ce que le physicien J. C. Base découvre et prouve scientifiquement l'existence de réactions sensibles et de processus physiologiques subtils à l'œuvre dans la plante. Utilisant le crescographe, un instrument créé par lui pour mesurer la réaction des plantes à certains stimuli, il découvrit que ces dernières ont un système nerveux, et « ressentent » le plaisir et la douleur.

Des exemples comme celui-ci indiquent qu'il existe des voies de connaissance qualitativement différentes de la méthode scientifique. Comme la science, la méthode expérimentale intuitive postule certains faits ; mais, à la différence de la science, elle s'appuie sur des conditions spontanément supranormales, dont le résultat est universalisable même si l'expérience n'est jamais qu'individuelle. La découverte peut également provenir d'un processus déductif qui n'est soumis à aucune règle précise.

Du point de vue tantrique, l'efficacité des normes scientifiques ne repose pas principalement sur la vérification empirique, mais sur la base d'une expérimentation psychique, d'un travail sur soi-même. Les diverses hypothèses qui sont avancées pour expliquer l'univers avec l'aide de la recherche scientifique représentent autant d'étapes dans la progression spirituelle de l'adepte. Ce sont des postulats qui assurent la cohérence théorique de tout l'édifice rituel. Pour un tantrika, leur validité dépend de l'efficacité de la technique rituelle. Si l'adepte atteint le cœur de la réalisation, pour lui les axiomes sont « vrais » *ipso facto*, et plus n'est besoin de spéculer ou de couper les cheveux en quatre dans un laboratoire. Le champ expérimental de l'adepte demeure lui-même, son corps. Mais, même dans ce cas, deux attitudes opposées coexistent : par exemple, les tantrikas Siddhāi Tamil expliquent leur pouvoir surnaturel comme une sorte de jeu avec l'antimatière, conception très proche de celle des scientifiques contemporains, selon lesquels il se pourrait qu'il existe un univers entier d'antimatière ; d'autres tantrikas donneront peut-être une interprétation différente du même fait, en affirmant qu'il est causé par la puissance d'un mantra. Ces deux cadres de référence différents, rendant compte du même événement, doivent être compris comme complémentaires l'un de l'autre.

Cosmogenèse

L'histoire de l'évolution cosmique, selon l'école Sāṁkhya, qui a profondément influencé le tantra, peut être considérée comme possédant toutes les caractéristiques d'une hypothèse scientifique fondée sur les principes de conservation, transformation et dissipation de l'énergie. Avant d'examiner la théorie, il nous faut toutefois en décrire sommairement les traits saillants. Selon une conception cosmogonique largement répandue, les éléments les plus gros du monde tangible se sont formés

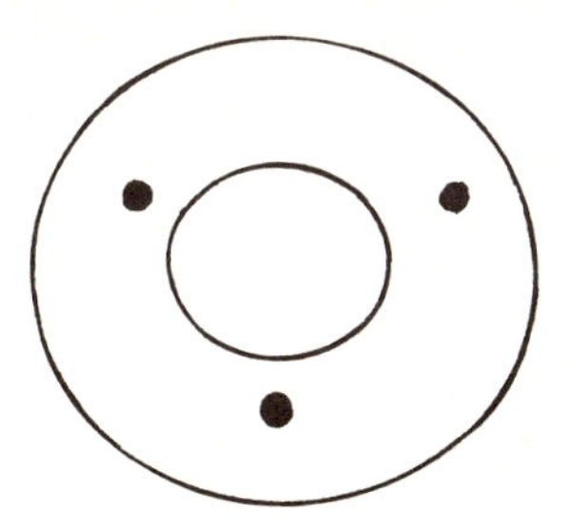

Guṇas : sattva, rajas, tamas.

à partir d'éléments plus petits ; les petits éléments à leur tour sont vus comme des composés de substances homogènes encore plus subtiles. En outre, une telle conception formule un parallélisme psycho-physique, et postule une évolution simultanée de la matière et de l'esprit. Elle conduit à la théorie des cycles récurrents de l'univers, selon laquelle la destruction n'est autre qu'un renversement du processus évolutif vers ses origines. Par exemple, l'univers évolue par étapes, « niveau après niveau » ; la première émanation est un élément vibratoire, qui donne naissance à la chaleur, laquelle se transforme en substance gazeuse puis liquide, jusqu'à ce qu'elle se solidifie. Lorsque le cycle est achevé, il se renverse : la matière solide se dissout, puis se désintègre en un état vibratoire ; le cycle d'expansion, contraction et dissolution recommence. Cette conception rend plausible une constante naissance de la matière et une création continue de l'univers.

Le cosmos a évolué à partir d'un terrain non manifesté, nommé Prakṛiti, qui est conçu comme la réunion de trois continuums de catégories techniquement connues sous le nom de guṇas. Littéralement, guṇa signifie qualité, mais, comme le système Sāṁkhya professe l'identité de la qualité et de la substance, les guṇas sont dès lors des entités substantielles. Sattva est l'essence ou la substance intelligente, le principe de la manifestation consciente ; rajas est l'énergie substantielle produisant le mouvement, la force, l'extension, et surmontant la résistance ; enfin tamas est la substance matérielle, la force d'inertie. Au début du cycle cosmique, le processus évolutif est au repos. Les trois guṇas coexistent dans un équilibre parfait, ils se diffusent uniformément dans le continuum infini, Prakṛiti. Ils n'entrent pas en interaction ni ne manifestent leur existence. Dans cet état, aussi bien l'énergie que la substance matérielle, selon l'école Sāṁkhya, sont dotées de quantité et de continuité – description qui concorde avec les notions modernes de physique quantique.

L'évolution commence avec la perturbation de cet équilibre primordial par l'influence transcendante ou magnétique de Purusha, l'Univers de la Conscience, sur Prakṛiti qui est dans un état de transe homogène. Le déséquilibre casse l'uniformité de la diffusion, et provoque l'agrégation des guṇas de telle sorte que l'un d'eux prévale relativement sur les autres, ce qui engendre une transformation créatrice accompagnée de l'évolution du mouvement (parispandana).

La diversité des phénomènes résulte de la combinaison spécifique des guṇas qui s'unissent et se séparent constamment, coopérant sans se mélanger. Tous les guṇas sont présents en toute manifestation sous forme patente, latente, ou sublatente : dans le système matériel, par exemple, où prédomine tamas, la substance matérielle, la masse est patente, l'énergie est latente, et la conscience sublatente. La totalité des guṇas, en puissance ou actualisés, demeure constante, dès lors qu'ils ne sont soumis ni à la création ni à la destruction, ce qui implique le principe de conservation de l'énergie et de la substance matérielle, aussi bien que de leur transformation.

Le principe de l'évolution se fonde sur la reconnaissance d'une loi naturelle : « d'une totalité relativement moins différenciée, cohérente à une totalité relativement plus différenciée, déterminée, cohérente ». Cela implique que la transformation et le développement des catégories n'affectent pas leur substance ; en d'autres termes, la différenciation catégorielle se fait au sein d'une totalité intégrée. Ce mouvement se poursuit jusqu'à ce que se manifeste une tendance de l'équilibre instable à renverser le cours des événements et leur ordre de succession jusqu'au retour à la stabilité originelle de Prakṛiti. Dans cet état, tous les guṇas se diffusent également, ce qui correspond à une totale dissipation de l'énergie et de la substance matérielle. Ainsi le processus de l'évolution est-il l'incessante manifestation d'un double processus, selon des principes cosmiques irréversibles.

La doctrine Sāṁkhya postule que, dans le processus de l'évolution, la matière et l'esprit évoluent concurremment à partir du flux originel d'énergie. Dans une première étape, l'essence intelligible du cosmos bifurque en deux séries coordonnées pour former le monde des apparences. Les deux divisions sont la « série objet », qui donne naissance aux possibilités et aux réalités matérielles, et la « série sujet » d'où émanent tous les modes de la conscience, tels que l'intelligence, la volition, la perception sensorielle, le sens du moi, qui ressortissent génériquement de la « substance spirituelle ». Essayant de relier scientifiquement la matière et l'esprit, un astronome éminent, V. A. Firsoff, postule l'existence de particules extrêmement subtiles de substance spirituelle, des « particules psychiques ». Selon lui, l'esprit est « une entité ou une interaction universelle, du même ordre que l'électricité ou la gravitation, et il doit exister une formule transformationnelle, analogue à la fameuse équation d'Einstein $E = mc^2$, où la “substance spirituelle” serait mise en relation avec d'autres entités du monde physique [1] ».

1. Cité par Koestler, in *The Roots of Coincidence*, p. 63.

Au terme d'une série de subtiles transformations, un processus intense de différenciation et d'intégration transforme l'énergie universelle du cosmos en différentes espèces d'unités potentielles d'énergie infra-atomique nommées tanmātras, qui ne peuvent être vues ni mesurées. Les tanmātras résultent de l'action de l'énergie sur la matière subtile, bhūtādi, qui est absolument homogène et inerte lorsque cesse l'équilibre originel. Les unités potentielles d'énergie infra-atomique possèdent quelque chose d'autre qu'un quantum de masse ou d'énergie, elles se caractérisent par leur chaleur irradiante et leur force d'attraction. Elles sont aussi chargées d'énergies spécifiques représentées par la potentialité du son – énergie vibratoire ; du toucher – énergie de l'impact ; de la couleur – énergie radiante de la chaleur et de la lumière ; du goût – énergie de l'attraction visqueuse ; et de l'odorat – énergie de l'attraction cohésive. Ces énergies, par un processus de condensation, élaborent, à partir des tanmātras correspondants, les cinq éléments du monde physique : l'espace (vyoman), l'air (marut), le feu (tejas), l'eau (ap), et la terre (kṣhiti).

L'évolution de l'univers ne s'effectue pas à partir des atomes, ceux-ci représentent un troisième état de la formation du cosmos, telle est la pierre angulaire de cette conception. Chaque type d'énergie potentielle infra-atomique est chargé par l'un des cinq éléments ; celui-ci, à son tour, conjointement à l'action originelle de l'énergie sur bhūtādi, engendre une nouvelle énergie potentielle. Par exemple, la première à se manifester est l'énergie sonore, qui engendre l'élément primordial de l'espace ; puis l'action originelle de l'énergie s'exerçant dans l'espace engendre le tanmātra du toucher et l'élément air ; l'action originelle s'exerçant sur l'air engendre potentialité de la couleur, et ainsi de suite. Les éléments du monde physique ne doivent pas être confondus avec des substances élémentaires, ils représentent des principes abstraits reconnaissables à leurs propriétés.

Un bon survol des étapes successives de la cosmogenèse a été effectué par B. N. Seal :

« Au sein du matériau rudimentaire omniprésent (bhūtādi) apparaît ākāśa (l'éther), d'abord comme tanmātra (système vibratoire de particules infra-atomiques) chargé de l'énergie potentielle du son, puis comme intégration atomique d'une structure mono-tanmātrique (atome-éther) omniprésente et englobante. À l'étape suivante, on trouve un nouveau type de tanmātras, organisés de façon à manifester une nouvelle forme d'énergie, celle de l'impact ou de la pression mécanique, et ces tanmātras combinés avec l'énergie vibratoire (ākāśa-tanmātra) produisent un nouveau type d'atomes, les atomes-air di-tanmātriques qui, en s'agrégeant, forment une enveloppe gazeuse composée de particules vibratoires en mouvement. Ensuite apparaît la troisième classe de tanmātras, les systèmes vibratoires de particules infra-atomiques en mouvement, dont l'organisation développe une nouvelle forme d'énergie – l'énergie radiante de la chaleur et de la lumière. Ces tanmātras, combinés avec l'énergie vibratoire et mécanique, produisent un nouveau type d'atomes, les atomes-feu tri-tanmātriques, corpuscules chauds et lumineux qui, en s'agrégeant, forment une enveloppe de flammes immenses autour du monde gazeux. À l'étape suivante, la nouvelle classe de tanmātras, les systèmes vibratoires complexes de particules infra-atomiques radiantes en mouvement, développe l'énergie de l'attraction visqueuse, ainsi que la potentialité du goût. Combinés aux trois classes précédentes, ces tanmātras donnent naissance à un autre type d'atome, l'atome-eau tétra-tanmātrique, et les gaz brûlants se précipitent sous forme de masses énormes de matériaux visqueux ou fluides. Finalement apparaît la cinquième classe de tanmātras, les systèmes vibratoires de particules infra-atomiques radiantes, visqueuses et en mouvement, qui développent l'énergie de l'attraction cohésive, ainsi que la potentialité de l'odorat. S'unissant aux quatre autres types de particules subtiles infra-atomiques, ces tanmātras forment un nouveau type d'atome, l'atome-terre penta-tanmātrique. Ainsi les matériaux visqueux et fluides se condensent et se transforment en terre (bhūta), qui comprend la plus grande partie des soi-disant éléments de la chimie [1]. »

Le processus évolutif de l'univers matériel est toujours conçu en relation avec l'espace, le temps et la causalité. Le temps est un continuum unidimensionnel qui sépare l'« alors » du « maintenant ». Un moment, ou un instant, est l'unité ultime, irréductible, de ce continuum. Le changement prend place au sein de cette unité dans le mouvement instantané d'un atome ou d'une particule d'un point de l'espace à un autre. Dans la séquence temporelle, l'instant seul est réel, et l'univers entier évolue en cet instant ; le reste, le passé et le futur, sont des phénomènes potentiels ou sublatents. Toujours conçu relativement à ce qui précède et ce qui suit, le temps est dépourvu de réalité objective. L'espace, également, est construit sur une base relative. Ces deux catégories sont des formes de l'intuition de notre conscience empirique, et elles n'ont de réalité qu'en termes finis. Les contradictions et l'inconsistance des anciennes théories scientifiques obligèrent Einstein à attribuer de nouvelles propriétés au continuum espace/temps. Selon lui, l'espace et le temps ne sont pas des quantités absolues imposées à l'univers, ils n'ont de sens que lorsque sont définies les relations entre les événements et les systèmes. Les penseurs de l'Inde ancienne avaient également mis l'accent sur cet aspect.

Dans la théorie Sāṁkhya, la cause et l'effet sont considérés comme des formes plus ou moins évoluées de la

1. Seal, *The Positive Science of the Ancient Hindus*, p. 40-41.

même énergie fondamentale. La somme des effets est contenue en puissance dans la somme des causes. La production des effets correspond simplement à un changement dans l'organisation des atomes – qui préexistait, sous forme potentielle, dans la cause. L'univers matériel est le produit d'un changement d'apparence de Prakṛiti et des trois guṇas. Selon le physicien Joseph Kaplan, le principe sous-jacent est identique à ce que l'on connaît dans la physique occidentale sous le nom de principe de superposition.

« Dans notre description moderne de la nature, écrit-il, nous procédons comme suit. Prenons l'exemple d'une molécule de gaz carbonique. Au lieu de donner un compte-rendu complètement détaillé de sa structure, comme s'il s'agissait d'une chaise, ou d'une maison, nous la décrivons de façon adéquate aux desseins expérimentaux, en exposant tous les états, toutes les situations énergétiques, dans lesquels cette molécule peut se trouver, et en comparant la fréquence des différents états. Ainsi la molécule n'est-elle pas quelque chose qui passe par des états successifs, mais les états eux-mêmes. Ce principe est appelé principe de superposition. De la même façon, les trois guṇas représentent l'univers, et la combinaison de leurs intensités respectives détermine les propriétés des choses [1]. »

La conception Sāṁkhya selon laquelle un élément peut se changer en un autre rivalise également avec la physique moderne. Kaplan écrit plus loin :

« La transmutabilité des éléments a été démontrée de multiples façons. Par exemple, il est possible, en bombardant certains éléments avec des particules électriques animées d'un mouvement extrêmement rapide, de les changer en d'autres éléments, et même de produire des éléments qui ne se rencontrent pas dans la nature parce

1. Prabhavanandra, *The Spiritual Heritage of India*, p. 213-214.

qu'ils sont instables (radioactifs). Allons plus loin. Il est possible de produire des électrons (la matière) à partir des radiations (la lumière). Ainsi la composante ultime de l'univers physique est-elle l'énergie radiante – c'est-à-dire la lumière. La théorie Sāṁkhya s'accorde complètement avec les dernières découvertes de la physique. On peut faire la remarque suivante. La théorie atomique est un produit de la conscience occidentale. De façon naïve, extrapolant à partir de l'existence des atomes, elle conçoit un système comportant de nombreux éléments. En réduisant tout à un seul élément, la pensée indienne va beaucoup plus loin[1]. »

Le son

La science traditionnelle indienne a exploré et expliqué en détail l'importance du son et de ses vibrations constitutives. Dans le *Nyāya-Vaiśeshika*, l'analyse hypothétique du son, sous son aspect physique, et de sa propagation, part du principe qu'il est la qualité spécifique de l'espace. On fait remonter l'origine physique du son à un impact mécanique, engendrant des vibrations dans les molécules de l'objet frappé ; celui-ci à son tour agite les molécules d'air environnantes, ce qui produit la vibration sonore. Le son se propage dans l'espace comme les vagues à la surface de l'océan, en l'occurrence la forme est celle de nappes vibratoires sphériques, concentriques, qui émanent l'une de l'autre. En outre, on peut distinguer plusieurs types de sons suivant leur degré de subtilité : sphoṭa, le son transcendantal ; nāda, le son supranormal qui peut être entendu mais ne l'est pas nécessairement ; enfin dhvani, le son audible, articulé, dont nous avons tous l'expérience.

1. *Ibid.*

Cette conception du son se fonde sur une doctrine centrale connue sous le nom de Sphoṭavāda, base des mantras tantriques, qui forment une part importante du rituel. La répétition de certaines syllabes sonores crée des rythmes vibratoires dans le corps, ce qui a pour effet d'éveiller les centres psychiques. Toute chose, depuis les idées les plus subtiles jusqu'aux formes matérielles les plus grossières, résulte de la coagulation de combinaisons vibratoires simples ou complexes. Une norme sonore va de pair avec l'énergie de chaque objet. Aussi bien la vibration est-elle l'une des nombreuses résultantes du son, et non, comme on le prétend communément, sa cause.

La doctrine Sphoṭavāda postule la notion inexplicable selon laquelle il existe un son transcendantal dépourvu de vibration, échappant dès lors à la portée d'écoute normale de l'oreille physiologique. Ce son non vibratoire est diversement désigné comme « son silencieux », « son statique », « son non frappé » ou anāhata-dhvani. De ce postulat, il découle qu'il n'y a de vide nulle part. Continuum homogène et plein, l'univers correspond dans l'échelle vibratoire au stade précréateur de Prakṛiti. Le son primordial de l'impulsion initiale est nommé parāśabda. La doctrine soutient aussi que, bien que la qualité ultime de la potentialité du son soit le silence, au niveau fini elle engendre différents degrés vibratoires créateurs de lumière et de dimension. Chaque vibration est pourvue de sa structure et de son volume propres, qui varient selon la densité du son. Celui-ci se caractérise par la tonalité, le rythme, le volume, la fréquence, la vitesse et l'harmonie. Dès lors, si l'on touche la corde sensible d'un objet, on peut l'animer, le remodeler ou le détruire. À partir de telles conceptions, les techniques et les processus des syllabes sonores et de leurs équivalents visuels ont été formalisés dans les rituels du mantra et du yantra.

Les atomes

L'hypothèse atomique du Nyāya-Vaiśeshika expose les propriétés de la matière, ainsi que la nature des atomes et des molécules. L'atome, aṇu en sanscrit, est invisible et intangible, mais il est nommé paramānu lorsqu'il prend une forme tangible. Ce paramānu, la plus petite dimension possible d'une particule élémentaire, est généralement estimé à un ou quelques millionièmes de centimètre. En s'agrégeant, les atomes produisent la molécule, ou sthūla bhūtaṇi, qui produit l'univers visible. Le système Vaiśeshika distingue quatre types d'atomes, chacun possédant certaines propriétés caractéristiques telles que valeur numérique, quantité, individualité, masse, gravité, fluidité, vélocité, et certaines potentialités de stimulation sensorielle. Ces quatre types correspondent aux quatre éléments du monde matériel : terre, eau, feu et air. (Le cinquième élément, l'éther ou l'espace, est considéré comme dépourvu de structure atomique, servant seulement de réceptacle au son.) De forme sphérique, les atomes sont animés d'un mouvement vibratoire ou rotatoire caractéristique. Ils ont une tendance inhérente à s'unir pour former des molécules, et aussi longtemps qu'ils ne sont pas soumis à l'influence de corpuscules de chaleur, les atomes de la même substance élémentaire s'unissent pour former des molécules binaires homogènes. Sous l'impulsion de leur tendance fondamentale à s'unir en agrégats plus vastes, les molécules binaires se combinent alors pour former des molécules trinaires et quaternaires. De cette façon, la configuration atomique et les combinaisons moléculaires d'un élément déterminent l'ensemble des substances appartenant à la même classe élémentaire, ou bhūta. Par ailleurs, des composés sont formés par l'union des atomes de substances hétérogènes, provenant de divers éléments.

La théorie atomique du système Jaïna développe une hypothèse intéressante au sujet de la formation des combinaisons chimiques. Selon cette théorie (qui date du Ier siècle de notre ère), un simple contact entre deux atomes ou deux molécules ne suffit pas pour produire un composé. La combinaison dépend d'une interrelation qui précède la formation du composé. Cette interrelation peut seulement prendre place entre deux particules de caractère opposé – et aucune relation n'est possible si les qualités opposées sont faibles ou défectueuses. D'autre part, deux particules de qualité homogène ne peuvent s'unir pour former une molécule que si la force et l'intensité d'une particule sont au moins doubles de celles de l'autre. Cette relation forme la base de toutes les transformations atomiques qualitatives. Une telle conception ressemble beaucoup à l'hypothèse du chimiste suédois Berzelius concernant les combinaisons chimiques.

Ainsi différents systèmes de pensée indienne ont-ils développé diverses théories au sujet de l'origine, de la constitution et de la structure de la matière. Cette diversité a contribué de façon significative à l'élaboration de concepts scientifiques qui furent librement utilisés dans la méthodologie de la recherche scientifique, et dans l'essor de disciplines comme, par exemple, la chimie, l'alchimie et la médecine.

Alchimie

L'alchimie et la médecine étaient originellement des aides pour la réalisation d'objectifs spirituels. L'objectif principal de l'alchimie, outre la transmutation des substances, était la découverte et la préservation de l'élixir de vie, et, par là, la réalisation d'un état d'équilibre physique et de longévité, dans une harmonieuse intégration de toutes les énergies du corps. De plus, les changements psychiques résultant de l'ingestion de préparations alchimiques ne constituaient pas une fin en soi, mais un moyen d'atteindre des buts spirituels élevés.

On a pu faire remonter l'existence de l'alchimie indienne à la période védique. Le *Rig Veda* décrit le soma rasa, ou jus de la plante soma, comme un nectar (amṛita), semblable à l'ambroisie des Grec*. Le soma était une source inépuisable de force et de vitalité : il augmentait l'énergie sexuelle, stimulait la parole et possédait des propriétés curatives.

Bien que la connaissance alchimique ait été largement cultivée dans l'Inde ancienne, elle atteignit son zénith à la période de la renaissance tantrique (du VIIIe au XIVe siècle de notre ère). Les tantrikas comprenaient intimement le corps et ses affinités cosmiques ; ils étaient branchés sur diverses techniques du bien-être, ils pratiquaient la médecine des plantes et des oligo-éléments, des exercices respiratoires et une méditation héliothérapeutique.

Les expériences alchimiques avaient principalement pour objet la réduction des éléments, et leur utilisation sous forme primordiale. On croyait qu'il existe une

* Pour l'extraction du jus, les plantes étaient écrasées entre deux pierres ou dans un mortier ; le liquide ainsi obtenu, le « lait » de la plante, était ensuite filtré dans de la laine de mouton, puis mélangé à du lait, du beurre et du miel. Les textes comparent la « tête » de la plante, rouge éclatante parsemée de taches blanches, à celle d'un jeune taureau, et l'effet de la potion magique sur le corps est « semblable au rugissement du taureau ».

En 1968, R. Gordon Wasson a émis la première hypothèse sérieusement étayée sur l'identité du soma : « Lorsque je lus le *Rig Veda*, je fus absolument certain que les prêtres-chamans aryens, avec des accents d'un lyrisme poignant, divinisaient l'amanite tue-mouches de la taïga sibérienne, champignon aux vertus psychédéliques. L'amanita muscaria était l'ingrédient de la potion magique, du breuvage sacré de toute l'Eurasie[1]. » (NdT.)

1. Wasson, *What was the Soma of the Aryan ?* in *Flesh of the Gods*, ouvrage collectif.

substance originelle, ou ultime, à partir de laquelle fut formé l'univers. Cet élément primordial pourrait être réduit ou précipité sous la forme d'une poudre cendreuse ou limoneuse en le débarrassant de ses corps étrangers par l'action du feu. Cette incinération de la substance était considérée comme une forme de purification, et la cendre constituait l'élément de base de préparation de l'élixir de vie. Pour une purification accrue, la cendre devait être dissoute dans une substance encore plus élémentaire appelée rasa, ou liquide. La forme primordiale de toutes choses était liée à l'océan cosmique, ou l'élément liquide, et presque toutes les formes de fluides – sève, jus, eau, sang – étaient utilisées en médecine.

La théorie chimique des composés organiques et inorganiques, élaborée par les plus grandes écoles médicales, particulièrement celle de Charaka (80-180 après J.-C.), fournit des informations utiles sur la combinaison des propriétés des substances. Les caractéristiques physiques des cinq éléments subtils et leurs modes isomériques furent classifiés de la sorte :

terre : lourd, grossier, brut, inerte, dense, opaque ; excitant l'odorat ;

eau : liquide, visqueux, froid, doux, glissant, fluide ; excitant le goût ;

feu : chaud, pénétrant, subtil, léger, sec, clair ; raréfié et lumineux ;

air : léger, froid, sec, transparent ; en mouvement ;

éther : impondérable (ou lumineux), élastique ; capable de son (vibrations).

Chacune de ces substances est en outre considérée comme un composé des cinq éléments subtils originels, répartis dans des proportions différentes. Ainsi, l'éther est le véhicule de l'air, de la chaleur, de la lumière et de l'eau ; l'air combine la vapeur d'eau, la lumière et la chaleur, et même de fines particules terrestres, tenues dans un état indéterminé. La couleur et les qualités sen-

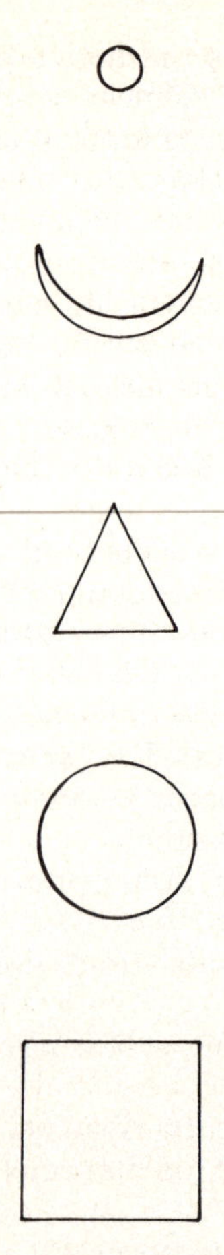

Les cinq éléments, dans l'ordre ascendant.

sibles d'une substance résultent de sa structure, de l'organisation de ses atomes, et des propriétés physico-chimiques résultant de la prépondérance relative d'un élément au sein du composé.

La substance tenue pour fondamentale, et même pour la quintessence de toutes les autres, était le mercure. Dans tous les traités tantriques d'alchimie, le terme rasa signifie mercure, et de nombreuses préparations médicinales prenaient cette substance pour base. Théoriquement les composés mercuriels devaient être préparés en amalgamant le mercure avec de l'air, du sang, du sperme, et diverses cendres ; on ajouta des ingrédients, comme le mica, le soufre, l'orpiment (sulfure d'arsenic), les pyrites, le cinabre, la calamine, certains sels, le bitume, et des métaux tels que l'or, l'argent, le zinc, le cuivre, l'arsenic et divers acides.

Un important traité tantrique, le *Rasaratnākara*, attribué à Nagarjuna (IXe s. de notre ère), se signale par sa richesse en connaissances chimiques et en recettes alchimiques. Ce texte donne des informations valables sur diverses préparations incluant le mercure, ainsi que sur son extraction du cinabre, qui est un sulfure de mercure rouge et cristallin, présent dans la nature. Il décrit également plus d'une vingtaine d'appareils expérimentaux pour la recherche physico-chimique. Un autre traité tantrique significatif, le *Rasārnava* (XIIIe s. de notre ère), abonde également en connaissances chimiques, et est un précurseur direct de la chimie médicale. On trouve une description détaillée de la localisation, de la construction et de l'équipement de laboratoires chimiques dans la *Rasaratna-samuccaya*, un traité de chimie médicale du XIIIe siècle. Un ouvrage ultérieur, le *Rasasāra* (littéralement, « Mer de mercure »), traite uniquement de chimie et décrit dix-huit processus mercuriels.

Les textes consacrés à la chimie et à l'alchimie examinent en détail plusieurs opérations spéciales impliquant le mercure, et des exemples de composition et décomposition chimique, par des processus de calcination, distillation, sublimation, vaporisation, fixation, etc. Ils étudient également divers processus métallurgiques – tels que l'extraction, la purification, la fixation, la calcination, l'incinération, la pulvérisation, la solution, la précipitation, le rinçage ou le lavage, le fondage, le coulage et le moulage. Voici un exemple typique de recette pour une potion au mercure, et de dispositif pour réduire en cendres cette substance :

« Le mercure doit être mélangé avec son poids égal d'or, puis on ajoute du soufre, du borax, etc. La mixture est ensuite transférée dans un creuset, le couvercle posé, et le tout est mis à feu doux. En consommant de cet élixir [le sublimé obtenu] l'adepte acquiert un corps impérissable. »

L'appareil, le Garbha-Yantram, est décrit ainsi : « Faites un creuset en argile, de quatre doigts de longueur et trois de large, avec un orifice arrondi. Prenez vingt mesures de sel, une de bedellium, et réduisez-les en poudre fine, en ajoutant fréquemment de l'eau ; remplissez le creuset avec cette mixture. Faites un feu de balle de riz, et laissez chauffer doucement. »

Un texte parle de « mercure éteint » :

« Lorsque le mercure se colore après avoir perdu sa fluidité, on le considère comme "évanoui". Le mercure éteint est celui qui ne montre plus aucun signe de fluidité, de mobilité ni d'éclat. Lorsque le vif-argent, ayant acquis la couleur et l'éclat du soleil levant, supporte l'épreuve du feu [c'est-à-dire ne se volatilise pas], il faut alors le considérer comme fixé. » (*Rasaratnākara* de Nagarjuna.)

Le *Siddhayoga* de Vṛinda examine les usages externe et interne du mercure. On composait une préparation nommée parpatitamram en chauffant dans un creuset hermétiquement clos du mercure additionné de soufre et de pyrites de cuivre. Ce processus produisait probablement des sulfures de cuivre et de mercure. Le sulfure de mercure était également le principal ingrédient d'une autre préparation nommée rasāmṛita-churan. On mélangeait deux mesures de soufre et une de mercure, et l'on consommait le résultat obtenu additionné d'eau et de babeurre. D'autre part, on composait un collyre pour les yeux en mélangeant du cuivre éteint, du vitriol bleu, du sel minéral et quelques ingrédients végétaux.

De nombreux voyageurs étrangers en Inde, notamment Marco Polo, Al-Bīrūnī et François Bernier, observèrent les remarquables propriétés régénérantes et stimulantes du mercure. À propos des yogis qui vivent 150 ou 200 ans, Marco Polo écrit : « Ces gens consomment un très étrange breuvage, à base de soufre et de mercure. Ils boivent cette potion deux fois par mois, depuis leur plus tendre enfance, et disent que cela leur assure la longévité. »

Malgré l'apparente simplicité de ces recettes, il ne faut pas croire qu'un simple mélange des substances donnerait des résultats immédiats. De fait, l'efficacité de ces formules repose sur une interprétation littérale des textes alchimiques, elle gît dans un corpus de considérations et

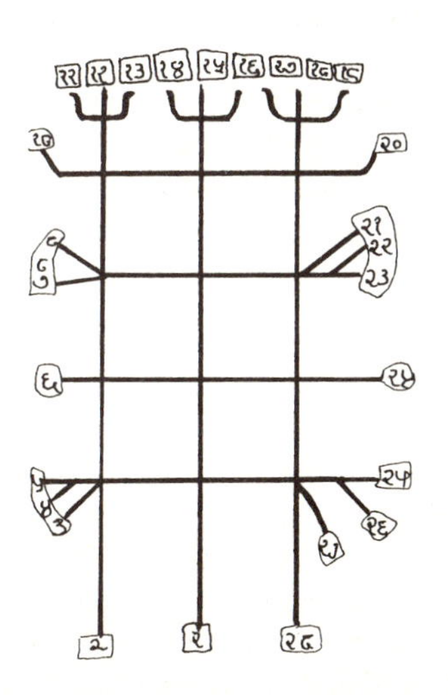

Sūryakālānal chakra.

de processus secrets soigneusement gardés. Les recherches de l'alchimiste contemporain Armand Barbault ont, de même, été en butte au scepticisme émanant de conceptions simplistes :

« Armand Barbault réalisa au bout de douze ans ce qu'il appelle dans son livre *l'Or du millième matin*, l'"or végétal", ou Élixir du premier degré. Cet élixir fut minutieusement analysé et testé par des laboratoires et des médecins suisses et allemands. Il prouva sa grande valeur et son efficacité, particulièrement dans le traitement de sérieuses affections cardiaques et rénales. Mais il n'a pu être complètement analysé ni, dès lors, synthétisé. Sa préparation exigeait un tel soin, et prenait si longtemps, que tous les espoirs de commercialisation éventuelle furent abandonnés. Les scientifiques qui l'ont examiné déclarèrent qu'ils étaient en présence d'un nouvel état de la matière, doté de qualités mystérieuses, et peut-être profondément significatives [1]. »

Ce n'est pas un cas isolé. Dans son *Histoire de la chimie indienne*, P. C. Ray met l'accent sur l'inscrutabilité des préparations alchimiques, et rappelle qu'il fallut douze années d'ascèse à Nagarjuna, le père de l'alchimie indienne, pour découvrir le secret [2].

Astronomie

À l'égal des autres disciplines traditionnelles, les origines de l'astronomie peuvent être rapportées à l'époque védique. Les Aryens étaient familiers des rythmes et des cycles célestes. Ils considéraient que la voûte céleste est régie par les ordonnances éternelles d'un principe universel inhérent, Rita (littéralement, le cours des choses),

1. Rola, *Alchemy*, p. 20-21.
2. Ray, *History of Chemistry in Ancient and Medieval India*, p. 132.

qui détermine la course et les phases de la Lune et des planètes, le cycle diurne/nocturne, et l'occurrence des éclipses.

Le *Jyotisha Vedānga* et le *Sūrya Prajñāpati* (de – 400 à + 200 de notre ère) contiennent les données astronomiques les plus anciennes. Aux temps antiques, l'astronomie naquit de préoccupations pratiques de la plus haute importance touchant le calcul de la date et du moment appropriés pour les rites et les sacrifices. Les plus importants traités d'astronomie indienne étaient le *Gārgisamhitā* (vers l'an 230 de notre ère), l'*Aryabhattiya* d'Aryabhata (vers 498), le *Siddhānta-śekhara* de Sripati, et le *Siddhanta-śiromaṇi* de Bhāskara II (vers 1114-1160).

Vers les débuts de l'ère chrétienne, une remarquable avancée de la recherche astronomique fut formalisée dans un certain nombre d'études méthodiques. De nombreux ouvrages d'une grande importance, comme les cinq *Siddhantas*, parmi lesquels le *Sūrya Siddhānta* est probablement le mieux connu, furent compilés et résumés au ve siècle par l'astronome et mathématicien Varāha-Mihira dans son *Pañcha-Siddhāntikā* (les cinq systèmes astronomiques). Dans son remarquable ouvrage, le *Bṛihatsamhitā* (le grand recueil), il décrit les mouvements et les conjonctions des corps célestes, ainsi que leur signification augurale.

On considère que la période classique de l'antique astronomie indienne s'achève avec Brahmagupta, qui écrivit le *Brahmasiddhānta* en 628, et le *Khaṇḍakhadyaka*, un traité pratique de calcul astronomique, en 664. La nouvelle théorie épicyclique d'Aryabhata, les postulats concernant la sphéricité de la Terre, sa rotation autour d'un axe et sa révolution autour du Soleil, ainsi que les formules permettant de déterminer les paramètres physiques des divers corps célestes (comme les diamètres de la Terre et de la Lune), la prédiction des éclipses et le calcul de la longueur exacte de l'année, ce sont là des réalisations significatives, qui anticipent et corroborent les données contemporaines. Aryabhata fournit également la première définition fondamentale des fonctions trigonométriques, et souligna l'importance du zéro.

La science mathématique était étroitement liée à l'astronomie. Pour assurer l'exactitude des prédictions, les données astronomiques devaient être compilées sur la base de calculs mathématiques sophistiqués, et les anciens Indiens inventèrent un système efficace de computation, en vue de pouvoir mener des calculs astronomiques hautement complexes. L'écriture numérique et les méthodes de calcul modernes proviennent de sources indiennes ; elles sont basées sur la combinaison de deux facteurs fondamentaux : la place de choix donnée aux doigts, et le zéro. Les mathématiciens de l'Inde ancienne considéraient le nombre comme à la fois abstrait et concret, et ils étaient dès lors suffisamment familiers des objets numériques et de leur extension spatiale pour que puisse se développer l'algèbre. Ils posèrent les notions quantitatives de gain et de perte, et distinguèrent le positif et le négatif, en vue de concrétiser l'existence de quantités opposées. Ils firent largement usage des nombres codifiés, et des symboles et signes arithmétiques. Dans leur système, les tables astronomiques étaient rédigées en vers, et les chiffres étaient exprimés par le moyen d'objets, de concepts. Ainsi le nombre un pouvait être représenté par la lune ou la terre ; deux par une paire (d'yeux, de mains, etc.) ; zéro par le ciel vide, et ainsi de suite. Cette méthode était utilisée de façon prédominante pour noter les nombres astronomiques. L'usage des chronogrammes fut ensuite remplacé par un système de notation alphabétique, qui fut parfois appliqué à l'astronomie descriptive.

Les mathématiciens indiens ont longtemps travaillé avec des nombres de l'ordre du milliard, et conçu l'infini comme une unité. La plus petite mesure de temps mentionnée par les astronomes indiens est le truti, 1/33 750 de seconde. Les unités de temps mathématiques permettaient de noter les observations astronomiques à une seconde près.

On distinguait trois échelles de temps. La première échelle correspond au temps cosmique, elle concerne le retour éternel des âges cosmiques. Les quatre âges, ou yugas, sont calculés sur la base du rapport 4.3.2.1 ; ils se succèdent jusqu'au cataclysme universel. Le premier âge cosmique, nommé Kṛita ou Satya-yuga, dure 1 728 000 ans ; le second, Tretā-yuga, dure 1 296 000 ans ; le troisième, Dvāpara-yuga, dure 864 000 ans ; et le quatrième, Kali-yuga, l'âge présent de l'humanité, 432 000 ans. Nous vivons actuellement dans le sixième millénaire du Kali-yuga, aussi s'écoulera-t-il environ 427 000 ans avant que le cycle se renouvelle et que les quatre âges se succèdent à nouveau. La deuxième échelle de temps est le calendrier solaire ou lunaire, qui détermine les jours, les semaines, les mois et les saisons. La troisième échelle est celle du temps des horloges. Pour assurer l'exactitude des calculs, la durée d'un jour était convertie en minuscules atomes de temps. Ainsi considère-t-on que le jour dure 86 400 secondes, soit 46,656 milliards de moments, chiffre auquel on parvient de la façon suivante : 1 jour = 60 ghatikas (ou 24 heures comprenant 60 unités de temps) ; 1 ghatika = 60 vig-ghatikas ; 1 vig-gathika = 60 liptas ; 1 lipta = 60 viliptas ; 1 vilipta = 60 paras ; 1 para = 60 tatparas. Donc 1 jour : 46 656 000 000 tatparas ou moments.

Parmi les diverses méthodes permettant de calculer la position moyenne d'une planète au cours de sa révolution, l'une des plus fréquemment utilisées, connue comme l'équation du centre, est peut-être la plus lumineuse. Le calcul exige une adresse considérable, mais il peut être simplement expliqué comme étant déterminé sur la base d'épicycles supposés. La position moyenne de la planète est calculée en relation au nombre de révolutions durant un yuga. Pour trouver « l'emplacement véritable » de cette planète, on supposait certains mouvements épicycliques, c'est-à-dire que l'on posait l'hypothèse selon laquelle la planète se mouvait dans un second cercle, dont le centre s'inscrivait sur la circonférence du cercle moyen. Les erreurs étaient ensuite corrigées à partir des résultats obtenus en combinant deux équations provenant de deux épicycles distincts. C'étaient l'équation de conjonction (lorsque deux corps ont la même longitude céleste) et l'équation d'« apsis » (le point de distance maximale ou minimale du corps central). La moyenne était obtenue en comparant les résultats de ces deux équations, et en corrigeant la divergence.

De grandes cartes astronomiques étaient utilisées pour déterminer l'altitude du soleil, sa distance du zénith et sa déclinaison ; la déclinaison d'une planète ou d'une étoile, ainsi que son degré d'azimuth ; les latitudes et longitudes célestes ; et les positions des astres en cas d'éclipse. Pour la même raison, des observatoires astronomiques, ou yantras, furent également construits, à une date plutôt tardive, par Jai Singh II (1699-1744). Leur installation comportait un cadran mural, un mur méridional orienté suivant le méridien, s'élevant vers le pôle Nord, des cartes de la sphère céleste, et un énorme gnomon.

Les découvertes astronomiques ont exercé une grande influence sur l'ensemble du rituel tantrique. Toutes les pratiques, y compris les préparations alchimiques, sont conditionnées par l'époque, les positions planétaires, et l'observance du calendrier. L'astronomie a également posé les fondements théoriques de la pratique astrologique, la science de l'influence des astres sur les phénomènes humains et terrestres, qui trouva son épanouissement logique à la suite des autres disciplines.

Astrologie

L'astrologie indienne est avant tout un prolongement de l'astronomie, à tel point que beaucoup d'anciens traités d'astronomie comportent une section astrologique. Le *Sūrya-Siddhānta* consacre un chapitre à l'astrologie, mais deux ouvrages majeurs, le *Bṛihad-jātaka* et le *Laghu-jātaka*, attribués à Varāha-Mihira, traitent exclusivement d'astrologie. Beaucoup de notions significatives, telles que les douze signes du zodiaque, les sept jours de la semaine, la division du jour, manifestent une affinité remarquable avec les concepts modernes occidentaux ; on considère généralement qu'un certain nombre de ces éléments sont basés sur le système grec.

La sphère céleste, avec sa multitude de constellations, a toujours représenté une force vitale essentielle dans le mode de vie indien en général, et tantrique en particulier. On a recours à l'astrologie pour toute opération concevable, même banale, à partir du dessin du thème astrologique de naissance, et de la pronostication des mois, jours, heures et moments favorables. La même méthode est utilisée pour les grands oracles ou les horoscopes personnels. Elle implique un calcul mathématique à partir duquel on obtient les résultats de combinaisons planétaires complexes. Ce calcul est tellement lié à l'horométrie que l'astrologie est devenue un système de mesure du temps en relation avec les rythmes stellaires et galactiques, et l'influence que ceux-ci exercent sur les types de comportement.

La pratique de l'astrologie était moins animée d'un souci ésotérique que de la préoccupation pratique de déterminer les résultats favorables de chaque événement. Tout acte doit rencontrer une issue favorable, et l'un des moyens les plus puissants de la garantir consiste à ne pas isoler l'événement, mais à l'intégrer à tous les modes et rythmes vitaux, y compris ceux d'astres lointains, les « maisons lunaires ». Cette croyance se fonde sur la notion de correspondance entre le microcosme et le macrocosme, et sur la conviction que chaque objet naturel, pensée, action ou matière, irradie à un certain degré l'énergie cosmique ; diverses forces cosmiques peuvent se conjuguer harmonieusement au moment juste, si elles doivent exercer une influence favorable. Un exemple typique est la tradition des pèlerinages, ou yātrās, qui constituent d'importants événements astrologiques, et dont le moment de départ est fixé attentivement. Les textes du *Yoga-Yātrā* indiquent de nombreuses conjonctions astrologiques qui dispensent une connaissance permettant de faire du pèlerinage un succès. Un yātrā était recommandable lors de positions spécifiques des neuf Nakshatras (maisons lunaires), soit Aśvini, Punarvasu, Anurādhā, Mṛigaśiras, Pushyā, Revatī, Hasta, Śrāvaṇā et Dhanisthā. Dans son *Bṛihat-Saṁhitā*, Varāha-Mihira a consacré onze cents vers à ce sujet ; il a composé également d'importants ouvrages séparés tels que *Brihad Yoga Yātrā, Yoga Yātrā* et *Tikkānikā*, qui traitent exclusivement de cette question.

Dans le calcul du « temps » précis, de nombreux facteurs sont pris en considération, parmi lesquels les conjonctions planétaires, les maisons lunaires, les périodes de quatorze jours (commençant à la nouvelle et à la pleine lune), la saison, le jour du mois, et le moment auspicieux, ou muhūrta (il y a trente muhūrtas favorables au cours d'une journée, et dix mille huit cents dans une année). Tous ces calculs sont dérivés de l'almanach qui recense méthodiquement les combinaisons de jours, de mois et d'années et dresse la liste des phénomènes astronomiques et astrologiques. En Inde, de nombreux calendriers en usage sont basés sur les données des anciens manuels ; la plupart des données numériques ont été corrigées, uniformisées, et adaptées en fonction des résultats des observations actuelles.

Dans le cours de leur rotation naturelle, les planètes émettent de l'énergie magnétique qui parvient au monde animé et inanimé, telle est l'hypothèse astrologique la plus significative. En termes humains, nous décrivons cet effet comme l'« influence des astres ». L'étendue de l'influence est invariablement le résultat des effets de diverses conjonctions planétaires, y compris celles des vingt-huit maisons lunaires. Chaque planète est en relation avec les signes du zodiaque dans un ordre septénaire, novénaire et duodénaire. Leur influence relative est considérée comme bénéfique lorsqu'elles sont en harmonie, et maléfique lorsqu'elles sont en disharmonie. En outre, les Indiens, comme les Grecs, ont également assigné certaines caractéristiques à chaque planète, et fixé sa période maximale d'influence. Benjamin Walker résume ainsi ces notions :

« L'étendue maximale d'une influence planétaire est également déterminée de façon rigide par les lois astrologiques. La pleine étendue de toutes les influences planétaires sur un être humain est estimée à cent huit ans. Il en découle qu'aucun être humain ne peut être influencé par chaque planète plus qu'un temps donné.

Surya (Soleil) : richesse, renommée, succès. 6 ans
Chandra (Lune) : religion, philosophie, mysticisme, écriture, ascétisme, folie. 15 ans
Mangala (Mars) : guerre, conflits, litiges, querelles. 8 ans
Budha (Mercure) : voyages, affaires, agriculture, richesse. 17 ans
Śani (Saturne) : soucis, troubles, mort, deuil, tragédie. 10 ans
Brihaspati (Jupiter) : domination, pouvoir, autorité, règle, justice. 19 ans
Rāhu et Ketu (phases ascendante et descendante de la Lune) : envie, colère, jalousie, défaite, recul. 12 ans
Śukra (Vénus) : plaisir, amour, femmes, jouissance, volupté. 21 ans

En théorie, la période maximale de malchance pour un être humain serait la succession des mauvais aspects de Mars, Saturne et Rāhu, soit 30 ans[1]. »

La force d'une planète est déterminée en relation avec son emplacement, sa direction, son activité et son moment ; la planète en transit peut prendre neuf aspects : « rayonnante » lorsqu'elle est exaltée, « à l'aise » dans sa maison, « contente » dans une maison amie, « tranquille » dans une position favorable, « puissante » lorsqu'elle brille d'un vif éclat, « opprimée » lorsqu'elle est recouverte par une autre planète, « affaiblie » lorsque sa lumière se perd dans celle du soleil, et « maléfique » lorsqu'elle se trouve au milieu de forces négatives.

Les principaux centres d'intérêt de l'astrologie indienne sont la portée et l'influence des douze signes du zodiaque, des planètes, et des douze maisons astrologiques. Ces dernières représentent un aspect important du système indien d'élaboration des horoscopes. L'horoscope est dressé dans un carré ou un cercle divisé en douze parties ; il est fondé sur le lagna, c'est-à-dire le signe se levant à l'horizon au moment de la naissance du sujet. Bien entendu, l'horoscope n'est pas une copie de l'avenir du sujet, mais il indique les directions dans lesquelles sa vie peut évoluer.

Les principes astrologiques sont également appliqués à la thérapie par les pierres précieuses. Celles-ci sont considérées comme des réceptacles de l'énergie concentrée dans les rayons cosmiques. Cristallisations de rayons invisibles, les pierres précieuses recèlent le pouvoir magnétique de les transmettre à travers l'espace et, à cet égard, elles s'apparentent aux planètes. Les planètes peuvent exercer une influence sur le corps humain, les pierres précieuses également ; en tant que condensations d'énergie, elles constituent des forces bénéfiques susceptibles de

1. Walker, *Hindu World*, I, p. 286.

contrebalancer les effets de conjonctions planétaires néfastes ; ainsi, à chaque planète correspond une pierre. Les influences planétaires négatives peuvent être substantiellement réduites ou affaiblies par le port de certaines gemmes.

De nombreuses et diverses méthodes divinatoires fonctionnent parallèlement à l'astrologie, telles que la chiromancie, l'examen des caractéristiques physiques, la prophétie sur la base de l'observation des signes naturels, mais seule l'astrologie a supporté l'épreuve du temps et commence à être considérée comme une science.

Si nous voulons parvenir à une compréhension scientifique de la relation qui existe entre les radiations extraterrestres et la vie, il est essentiel que nous disposions d'un tableau complet des forces qui œuvrent dans l'invisible. Ce n'est que très récemment que la science a découvert le spectre électromagnétique auquel l'œil nu n'est sensible que de façon très limitée. La découverte de la magnétosphère terrestre, avec ses différentes couches qui agissent comme écran filtrant les vibrations solaires et cosmiques, est également récente. La « zone Van Allen », située à une distance de 5 000 à 15 000 kilomètres de la Terre, fut découverte en 1958. De façon similaire, des émissions intenses d'ondes radio en provenance de Jupiter furent enregistrées en 1954. Bien que la science ait fait de formidables progrès en direction d'une vision claire du vaste panorama offert par les vibrations cosmiques, il reste encore une large part d'inconnu. Néanmoins, il devient de plus en plus manifeste que les cycles lunaires et solaires influencent beaucoup de fonctions vitales dans les espèces animales et humaines, telles que la respiration et la reproduction. Un scientifique tchèque a démontré statistiquement que les périodes de fécondité féminines peuvent être déterminées sur la base de la position du soleil et de la lune dans le thème astral. Les rythmes solaires déterminent les migrations des oiseaux, et ceux de la lune influencent le mouvement des huîtres. On a récemment suggéré que les effets astrologiques étaient basés sur des modèles ondulatoires :

« L'univers, que ce soit au niveau cosmique, biologique ou moléculaire, est un complexe de formes ondulatoires dont la périodicité va de quelques microsecondes à des millions d'années ; les objets, les événements, les gens, les nations, et même les systèmes planétaires peuvent être reliés de façon incompréhensible en termes physiques, mais qui s'éclaire à travers l'astrologie [1]. »

De telles découvertes, fruit d'une longue recherche, viennent à point pour donner à l'astrologie une assise empirique.

L'Un

Parmi tant de formulations diverses, l'un des concepts centraux de la pensée indienne a exercé une influence considérable sur le tantra : c'est la notion d'une énergie universelle, connue sous le nom de Prāṇa, source de toutes les manifestations des différentes énergies particulières. Toutes les énergies de l'univers, les mouvements, les attractions, les pensées également, réalisent diverses manifestations de Prāṇa. Dans le corps humain, la manifestation grossière en est le souffle vital, et, bien que Prāṇa soit souvent, à tort, identifié à la respiration ou à l'air, c'est quelque chose de plus. La respiration est seulement un effet de Prāṇa ; si l'air était la cause de Prāṇa, les morts pourraient respirer. Prāṇa agit sur l'air, et non l'inverse. C'est une énergie biomotrice vitale qui régit les fonctions corporelles. La vie continue tant qu'existe ce principe vital dans l'organisme humain. Tous les organismes vivants, de la cellule à la plante et à l'animal, sont

1. Parker, *The Complete Astrologer*, p. 50.

animés par l'activité combinée de Prāṇa, la force vitale, et de la matière. Bien que tous les systèmes de pensée indienne reconnaissent la puissance de Prāṇa, les adeptes du tantra-yoga ont élaboré toute une science des métamorphoses de Prāṇa, applicable au déploiement de l'énergie psychique latente dans le corps humain. Comme l'écrit C. F. von Weizsäcker, l'éminent physicien :

« Le concept de Prāṇa n'est pas nécessairement incomparable avec les données de la physique contemporaine. La théorie quantique se réfère à une notion qui n'en est pas très éloignée avec le terme d'"amplitude de probabilité". Peut-être cette relation se précisera-t-elle si nous envisageons le possible comme à venir, c'est-à-dire comme l'expression quantifiée de ce vers quoi le flux temporel nous presse d'évoluer [1]. »

Dans la hiérarchie cosmique, toutefois, Prāṇa est un dérivé de l'ultime réalité. Bien que l'univers doive son évolution à l'interaction des énergies de deux principes, ceux-ci en dernière analyse émanent de l'Un, telle est la thèse fondamentale du tantrisme. Derrière l'ensemble du monde phénoménal, matière et pensée, il y a l'Un éternel, sans second. Ce principe unique est omnipénétrant : toutes les choses, tous les organismes sont des versions finies de l'Un. Il existe une volumineuse littérature qui décrit la nature de cette réalité en lui niant tous attributs et relations, car, de fait, sa nature véritable élude toute description.

L'Un ne doit donc pas être confondu avec quelque expression théiste, telle que la notion d'un Père ou d'un Être infiniment bon et tout-puissant résidant au plus haut des cieux. La nature réelle de l'Un est sans attribut, indéfinissable ; bien qu'omniprésent, il n'admet au mieux que des approximations. Il peut être exprimé comme un continuum éternel de réalité cosmique extrêmement subtile,

1. Krishna, *The Biological Basis of Religion and Genius*, p. 42-43.

d'où procèdent les phénomènes du monde naturel. Dans le tantra, on le nomme Parā-Prakṛiti. La forme unitaire de Prakṛiti, ou Śakti, est abondamment représentée dans l'iconographie rituelle, mais sa nature réelle outrepasse son existence empirique : elle transcende la totalité qu'elle embrasse. Et toutes choses retournent à cette réalité primordiale qui abolit la dualité.

Tandis que ce siècle court vers sa fin, la recherche physique contemporaine tend à démontrer que ce que nous appelons matière, dans l'ensemble du cosmos, est simplement un avatar d'une substance beaucoup plus subtile ; et la science s'achemine vers une théorie unitaire de l'univers. La physique classique considère la masse et l'énergie comme deux réalités indépendantes ; la théorie de la relativité a annulé cette dualité en démontrant qu'elles sont proportionnelles et interchangeables. Les phénomènes dans leur diversité sont autant de visages d'une « essence » universelle, que les scientifiques ont nommée énergie. Bien que la physique moderne ait dématérialisé l'atome et démontré sa divisibilité, la plus petite entité concevable en dernière instance, le neutron, de masse zéro et dépourvu de charge électrique ou de champ magnétique, ne peut être divisé plus avant. Heisenberg fait allusion au caractère paradoxalement illusoire de l'atome lorsqu'il déclare que toutes les tentatives pour en rendre compte en termes visuels relèvent d'une interprétation erronée : « Toutes les qualités de l'atome sont dérivées ; il est totalement dépourvu de propriétés physiques immédiates, directes. Il s'ensuit que toute tentative de représentation visuelle est, *ipso facto*, erronée [1]. » Ainsi découvrons-nous qu'aux niveaux cosmique et infra-atomique, la propriété nommée « masse » s'avère être une illusion. La matière se réduit à l'énergie, et

1. Cité par Reynan, in *The Philosophy of Matter in the Atomic Era*, p. 96.

l'énergie au fourmillement vibratoire dans l'espace multidimensionnel. Pourtant, une question demeure : quelle est l'essence de cette substance vibrante de masse/énergie ? La réponse du scientifique n'est pas moins déroutante que celle du métaphysicien, car la substance fondamentale est l'« inconnu ». La science désigne l'inconnu sous l'appellation de « champ psi », un champ immatériel et abstrait, qui défie toute description. Sans parler de Parā-Prakṛiti, elle a découvert la cause première de l'univers dans un principe unique dont la nature n'est pas moins mystérieuse.

Rituel

Les éléments que nous venons d'examiner, et qui sont liés à la doctrine fondamentale du tantra, la métaphysique, l'art et la science, viennent en surcroît d'un élément central : le rituel, ou science spirituelle de la culture personnelle. La métaphysique, l'art et la science forment le système de connaissances qui éclairent l'adepte sur les origines et la destination de la sādhanā (pratique) tantrique, le rituel fournit la panoplie des moyens. Il se fonde sur deux présupposés fondamentaux et interdépendants : d'une part le soi est potentiellement divin, et il peut être développé de façon illimitée ; d'autre part, et cela est corollaire, l'ultime réalité ou l'Absolu (Śiva-Śakti), dont la nature inhérente est la joie (ānanda), est le but fondamentalement désirable. Le premier pôle est le soi, ou l'individu aspirant à la liberté, à l'éveil, le second pôle est le but à atteindre. Le champ de forces créé par la tension entre ces deux pôles définit l'espace rituel, état intermédiaire où se déploie la recherche du but par le moyen de techniques effectives. Ainsi le rituel peut-il être ici défini comme un « lien » connectant la psyché individuelle à l'essence universelle. Le tantra propose un modèle opératoire permettant de réaliser la libération de l'individu, et indique une façon d'agir efficace à l'intérieur de la perspective qu'il a tracée. Aussi bien le rituel tantrique peut-il être considéré comme un facteur clef de l'évolution psycho-physique de l'humanité.

Dans un exposé théorique tel que le nôtre, il s'agit d'exposer les prescriptions psycho-physiques du rituel et leur signification. Cela signifie que nous sommes obligés d'examiner en termes conceptuels et abstraits ce qui, en réalité, est une expérience translogique, dynamique et unitaire. On doit dès lors garder présent à l'esprit ce fait que l'instrument du langage ne peut rendre pleine justice à l'expérience réelle de la vie à l'intérieur du rituel. La véritable recherche commence là où prend fin le langage, et avec lui le positivisme logique : « On ne disperse pas l'obscurité en prononçant le mot "lampe". » *(Kulārṇava Tantra.)* De même, les mots sont impuissants à chasser l'obscurité de l'ego. La réalisation de soi surgit d'une expérience intérieure qui jamais ne pourra être articulée à l'aide de mots. À cet égard, le rituel tantrique est un allié sensibilisateur et revivifiant dans la perspective d'un éveil spirituel. Comme le remarque avec pertinence A. V. Gerasimov, de l'Institut d'études orientales de Moscou : « C'est à sa connaissance étendue du psychisme humain que le tantra doit de s'être maintenu au sein de la vie indienne. »

L'accent mis par le tantra sur les techniques pratiques de réalisation de soi plutôt que sur la spéculation théorique a donné à la sādhanā une place extrêmement importante dans l'ensemble du système. Un vaste corpus de textes tantriques s'attache à examiner systématiquement les moyens d'harmoniser et de développer graduellement les énergies du corps et du psychisme humain. Aussi les tantras sont-ils souvent considérés comme un mode de vie, une façon d'agir, une voie joyeuse. Les rites tantriques réalisent un code pratique cohérent et logique à l'intérieur du système de croyances. Ils sont porteurs de significations symboliques précises. Certes, tous les rites sont imprégnés de symbolisme, mais ceux-ci ont le pouvoir de susciter une expansion de la conscience, et leur efficacité réside dans la manifestation de ce pouvoir. L'acte rituel réalise bien autre chose et bien plus qu'une simple soumission à la divinité, il intègre le personnel à l'universel. Le rite fonctionne à la façon d'un concept opératoire unifiant la théorie et la pratique. Son mérite réside dans l'application correcte qui en est faite, car c'est alors seulement qu'il peut devenir l'expérience vérifiable d'un état défini de conscience.

Les divers rituels généralement pratiqués sont fondamentalement des techniques d'expansion de la conscience en ce qu'ils induisent des expériences psycho-physiques impliquant l'intégralité de nos sens ; mais, célébrés mécaniquement en vue d'obtenir des gains ou des profits matériels, les rites ne peuvent donner de grands résultats.

On peut opérer une distinction entre le simple acte rituel et la sādhanā. Un rite exécuté dans la vie quotidienne peut être artificiellement séparé de l'ensemble de la discipline, tandis que la sādhanā implique la totalité d'une discipline spirituelle, intégrant de nombreuses pratiques rituelles, dont chacune forme un élément de l'ensemble du système de croyances.

Si le tantra est libéré de son orientation cultuelle, c'est-à-dire s'il n'est plus pratiqué en tant que sādhanā mais en tant que technique d'expansion de la conscience, il peut précisément rencontrer les besoins de nos contemporains.

Une multiplicité de techniques sont employées dans les techniques rituelles par le moyen du son (mantras), de la forme visuelle (yantras), de postures et de gestes psychophysiques (nyāsas et mudrās), d'offrandes de fleurs, d'encens et d'ingrédients rituels, du contrôle de la respiration (prāṇāyama), de pratiques sexo-yogiques (āsanas) et de la concentration (dhyāna).

Ces techniques d'éveil ne s'excluent pas l'une l'autre, elles s'interpénètrent. On les applique toujours de façon conjointe de telle sorte que, par exemple, un seul acte rituel peut inclure le recours aux mantras, aux mudrās, aux āsanas, au prāṇāyama et au dhyāna.

L'accomplissement du rite peut prendre une forme intérieure aussi bien qu'extérieure. La forme extérieure est liée aux stimuli, dans la mesure où elle est réalisée à l'aide d'objets symboliques tels que yantra, nyāsa, offrandes. À l'inverse, la forme intérieure n'est pas liée aux stimuli ; elle n'a pas recours à des symboles extérieurs, mais requiert une participation active de l'adepte, de telle sorte qu'il atteigne une spontanéité programmée, réalisée par des moyens tels que la récitation de mantras et la concentration.

La sādhanā tantrique varie suivant le but recherché, mais l'objectif primordial des pratiques rituelles les plus importantes consiste à encourager le déploiement des énergies latentes dans l'être humain, pour le faire accéder à l'expérience de la joie et de l'unité. Le but ultime ne peut être atteint sans le recours à plusieurs types de techniques, dont chacune permet de franchir une étape intermédiaire dans la sādhanā. Ces techniques forment un ensemble de composantes rituelles, qui rassemblent un certain nombre d'éléments dont chacun exerce une fonction bien définie. Aussi bien le sādhaka (pratiquant) ne doit-il délibérément omettre aucune de ces techniques, car elles constituent des préliminaires indispensables à l'atteinte du but final. Ce sont :

1. *La purification et la sanctification :* première étape du déconditionnement du sujet, qui doit abandonner une attitude lourdement programmée à l'égard de son propre corps. Il s'agit donc d'harmoniser le corps physique avec le corps subtil, libérant par là ce dernier des obstacles qui l'entravent. Le corps est mobilisé par un entraînement physique et le recours à certaines postures, de façon qu'il émerge consciemment de l'inertie, purifié, sanctifié, ouvert aux énergies cosmiques, à l'image de la divinité. La purification s'effectue au niveau mental lorsque les impuretés obstruant le corps subtil sont dissipées par des

rites tels que nyāsa, āsana-śuddhi, bhūta-śuddhi, avec l'aide de la récitation correcte de certains mantras.

2. *L'identification et l'intériorisation :* cette étape consiste en l'expérience de l'intégration, une opération par laquelle, dans une relation intime et inconsciente, l'initié devient la « chose ». L'identification est un processus d'introjection, qui transforme l'objet du culte en une partie du soi. Les rites qui favorisent l'identification sont les mudrās, la méditation, la visualisation, la concentration mantrique, le prāṇāyama, etc.

3. *L'harmonie et l'équilibre :* l'harmonie est la condition de la réalisation. C'est la voie du milieu entre les extrêmes, le pont entre les opposés. Il s'agit d'harmoniser, dans le corps humain, les centres énergétiques supérieurs et inférieurs, les forces solaires positives et lunaires négatives, le masculin et le féminin, le conscient et l'inconscient – il s'agit d'atteindre l'équilibre à tous les niveaux du psychisme. Le corps physique est régularisé par le recours à diverses postures, les processus vitaux internes harmonisés par le contrôle de la respiration, le centre cérébral ajusté par la répétition du son mantrique, et les processus mentaux maîtrisés par la pratique de la concentration, c'est-à-dire de la méditation. La fusion synergique des énergies polarisées au sein de l'être humain conditionne l'expérience de l'unité.

4. *L'unification :* l'unité naît de l'équilibre des forces polaires en interaction. Elle peut également être décrite en termes d'indivisibilité, ou de totalité, une fois accompli le processus de réalisation de soi. En prenant expérimentalement conscience de cette unité, et du jeu des énergies complémentaires dans son corps, l'adepte atteint la condition suprême.

Orientation et préparation

Le guru

L'assistance d'un instructeur spirituel compétent, ou guru, qui puisse initier l'adepte à l'application correcte de méthodes relevant de son tempérament et de ses dispositions, est une condition préalable essentielle pour qui veut pénétrer l'univers de la sādhanā tantrique. De même qu'un voyage dans des terres inconnues est facilité par l'aide d'un guide capable, de même la meilleure manière de commencer le voyage spirituel consiste-t-elle en la rencontre d'un guru. Les cosmonautes se soumettent à un sévère entraînement physique et psychique avant de partir dans les abîmes inconnus de l'espace ; de façon similaire, l'adepte doit suivre longtemps une dure discipline, sous une conduite expérimentée, en vue de parvenir au déploiement graduel de ses potentialités.

Un guru est celui qui a déjà vécu la discipline, et fait l'expérience des diverses étapes du développement spirituel au cours de sa propre existence. La première étape de l'initiation consiste dans le mantra donné par le guru, Paśyācāra (initiation ordinaire) ; la seconde est Vīrācāra (rajasique) ; la troisième Mahāvidyās (connaissance supérieure) ; et, finalement, Brahmayoga – la plus haute initiation, connaissance de l'Absolu. Ces initiations successives peuvent être conférées par différents gurus, chacun exerçant sa compétence à l'un des niveaux. Mais il arrive également qu'un seul guru de haut rang soit à même de dispenser la connaissance à tous les niveaux de la sādhanā.

Parfois, le guru indique les moyens en cours de chemin par son silence, ou par des propos d'apparence anodine ;

c'est à l'adepte de découvrir par lui-même ce dont il a besoin. Beaucoup de pratiques rituelles et de techniques de méditation sont difficiles et, souvent, dangereuses, aussi ne peuvent-elles être abordées sans l'assistance d'un guide expérimenté. Le guru s'efforce toujours d'observer l'adepte, l'effet qu'exercent sur lui le contenu et la forme des techniques, et de repérer le moment où l'entraînement commence à donner des résultats. D'autre part, il est essentiel que l'élève ne suive pas aveuglément le maître, mais qu'il conserve un esprit ouvert ; toute la tradition spirituelle indienne le confirme, par les nombreux exemples qu'elle offre de la relation maître-disciple. Un antique proverbe veut que le guru apparaisse lorsque le sādhaka est prêt. Mais aucun guru ne peut aider un sādhaka s'il ne consacre ses efforts et sa volonté à s'aider lui-même. Ayant appris ce qu'il peut apprendre, le sādhaka doit être prêt à questionner, et, si nécessaire, à opérer une vérification expérimentale en travaillant sur lui-même. Dans un tel contexte, la fonction du guru est comparable à une alliance thérapeutique, une collaboration concrète entre patient et thérapeute, impliqués dans une relation émotionnelle. L'adepte, toutefois, n'est pas « malade », il est prêt à aller au-delà des modalités définies de son être, à réaliser expérimentalement son soi le plus profond, au sein duquel il a déjà fugitivement perçu une réalité plus vaste et plus véritable. Le travail de l'initié ne consiste pas simplement à saisir les mécanismes des diverses techniques impliquées dans les rituels, mais à *être*. C'est précisément lorsqu'il sort du champ clos de l'utile qu'il est dans la disposition correcte.

Le chercheur reste disciple aussi longtemps qu'il n'a pas atteint son but spirituel. Une fois ce but atteint il est « né à nouveau ». La relation au guru comme maître initiatique prend fin, dès lors que l'adepte n'a plus à être instruit ou guidé.

L'initiation

Avant que l'adepte puisse participer à l'ensemble du rituel tantrique, il est essentiel qu'une consécration prenne place, lors d'une cérémonie connue sous le nom de dīkshā, ou initiation spirituelle. Le mot dīkshā provient de la racine sanscrite *do- (dyati)*, qui signifie couper, ou détruire. Dans l'initiation, toutes les énergies négatives sont détruites en vue d'atteindre la condition existentielle suprême. Dīkshā implique un contact d'esprit à esprit entre le maître et le disciple. La forme la plus répandue de ce rituel est l'initiation au cours de laquelle le guru donne à l'adepte un mantra personnel, connu sous le nom de dīkshā-mantra. Le maître choisit un jour et une heure favorables, et dans certains cas il confronte le thème astral du disciple avec le sien propre pour déterminer précisément le moment de la transmission du mantra. Le guru choisit également l'ishta-devatā de l'adepte, c'est-à-dire la divinité qui correspond à la personnalité de ce dernier, de telle sorte que, par la concentration, l'adepte parvienne à une symbiose unificatrice avec cet aspect du divin. Normalement, le guru s'assied face à l'est, et le disciple prend place auprès de lui, dans la posture du lotus. Le guru commence par réciter son propre mantra fondamental et par invoquer sa propre divinité tutélaire, avant de chuchoter trois fois le dīkshā-mantra dans l'oreille droite du disciple. Ce mantra doit être conservé secret, et ne pas être divulgué même par écrit, sous peine de perdre de son pouvoir. Une fois le mantra transmis, la première étape de l'initiation prend fin.

Les instruments de la transformation

Mantra

Le son mantrique représente la technique de concentration la plus ancienne et peut-être la plus largement utilisée. Le mantra est avant tout une « forme psychique » concentrée, composée de syllabes nucléaires basées sur les propriétés ésotériques attribuées aux vibrations sonores. Le tantra a développé un système d'équations sonores qui va du simple au complexe. La puissance de ce système ne repose pas tant sur l'expression de significations au sens où nous l'entendons habituellement, que, plus profondément, sur l'accentuation de l'élément phonique. Par exemple, les vocables Hrīm, Srīm, Krīm, Phaṭ, que l'on trouve tout au long des textes tantriques, peuvent sembler dépourvus de sens, inintelligibles et inadéquats au non-initié, mais ils sont pourvus de connotations symboliques positives pour l'initié. Qu'ils soient

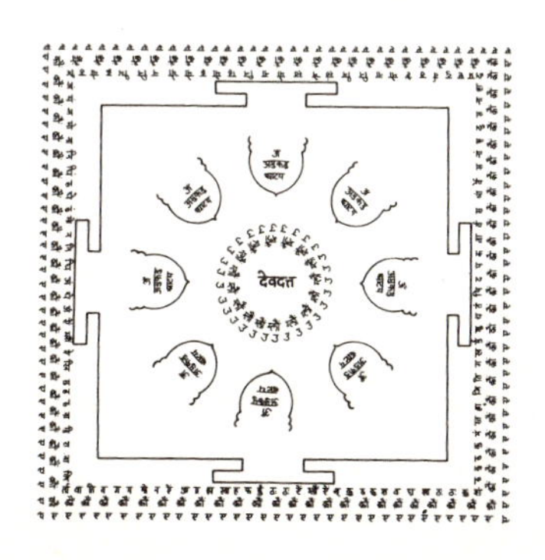

Yantra avec mantra.

récités de façon audible ou inaudible, ils vibrent dans la plupart des rituels à la façon d'une symphonie ininterrompue. Il est complètement vain de réciter un mantra si l'on n'en a pas saisi correctement le sens ou si l'on ne comprend pas la technique mantrique.

Selon Sāradātilaka, les mantras peuvent être répartis en masculins, féminins et neutres. Les mantras masculins se terminent par *hūṃ* et *phaṭ*, les féminins par *svāhā*, et les neutres par *namaḥ*. La puissance d'un mantra particulier réside dans l'interaction du modèle vibratoire sonore et de son intonation correcte. On considère généralement que le mantra n'est efficace que s'il est transmis de bouche à oreille, du maître au disciple. « Éveillé » de la sorte, le mantra active les canaux vibratoires, et provoque certains états supraconscients qui aident le disciple dans sa sādhanā.

Le son mantrique, ou la combinaison de tels sons, est capable d'actualiser la forme divine de leurs énergies. Chaque divinité possède un bīja mantra, une graine mantrique qui est son équivalent. Ainsi le bīja mantra, racine vibratoire, forme atomique du son, représente-t-il la nature essentielle de la divinité.

Le bīja mantra monosyllabique est à la sādhanā tantrique ce que la graine est à l'arbre. De même que la graine est un arbre en puissance, de même une simple vibration peut-elle contenir la totalité de la divinité. Le terme bījākshara, syllabe-germe, est formé de deux mots : bīja, signifiant graine ou germe, et akshara, signifiant à la fois « syllabe » et « impérissable ». Le véritable bījākshara s'achève par un anusvāra, c'est-à-dire un demi-cercle renversé comportant un point en son centre. L'anusvāra est indiqué dans les transcriptions en caractères romains par un point au-dessus ou en dessous de la lettre m ; il est décrit comme un son nasal continu et inchangeant, l'adaptation d'une « vibration imprononçable ». Le point dans l'anuṣvāra représente le bindu, c'est la forme visible de Śiva-Śakti. Comme l'observe Hans-Ulrich Riecker :

« *Période (point)*. Ce n'est pas une borne à la fin de la phrase sanscrite, mais le signe d'une activation sonore. Le point surmontant la consonne (qui est toujours en relation avec une voyelle) transforme un ka en un riche kam ou kang, un ta en tam ou tang, pa en pam, et ainsi de suite, pour chaque consonne. Le point ajoute une vibration au son terne. De façon particulièrement significative, il fait passer le O du niveau de la poitrine à celui de la tête, avec le son *om*. Ainsi, il transporte le son physique jusqu'au centre de la conscience, l'ājñā chakra entre les sourcils et lui donne une signification. De la sorte, le point devient le symbole du *sens*[1]. »

On considère que le mantra-germe contient intégralement la signification potentielle d'une doctrine. Un traité de plusieurs milliers de vers, par exemple, peut être condensé en quelques stances, elles-mêmes résumées en quelques lignes, et finalement abrégé en un bīja mantra. Bien qu'il soit la plus petite unité sonore, celui-ci contient pourtant, dans sa plénitude, la puissance de la doctrine. Manifesté, le bīja mantra crée une vibration dans le cerveau,

La syllabe-germe Oṃ.

1. Rieker, *The Yoga of Light*, p. 157.

et l'on considère que, même lorsque la répétition en est interrompue, l'effet continue. Bien plus, on admet que la puissance engendrée par un bīja mantra particulier peut être emmagasinée dans le centre cérébral et activée à volonté.

Oṃ, le plus puissant de tous les sons, est la source de tous les mantras et une clef pour la réalisation. Il est composé de trois sons : *a, u, m*, qui représentent symboliquement les trois tendances ou guṇas – création, préservation, dissolution – et embrassent toute la connaissance des différents plans de l'univers. C'est la quintessence du cosmos entier, le monarque de tous les objets sonores, la mère des vibrations, et la clef de la puissance et de la sagesse éternelles. Voici quelques exemples de mantras-germes et leur signification :

Hrīṃ : bīja mantra de la déesse Bhuvaneśvarī, l'énergie féminine des sphères. Selon le *Varada Tantra*, H = Śiva, R = Śakti, I = illusion transcendante, et le son nasal M = créateur de l'univers.

Krīṃ : Kālī-bīja représentant le pouvoir sur la création et la dissolution ; récité principalement pour la destruction des obstacles. K = Kālī. R = absolu. I = pouvoir transcendantal de l'illusion. M = son primordial.

Srīṃ : Lakshmī-bīja, représente l'énergie féminine de l'abondance et de la multiplicité ; récité pour obtenir des gains et des joies de ce monde. S = divinité transcendante de l'abondance. R = richesse. I = plénitude. M = sans limite.

Klīṃ : bīja mantra du désir procréateur de Śiva comme kéma ; représente la joie, la félicité, le plaisir. K = désir transcendantal. L = seigneur de l'espace. I = satisfaction. M = plaisir et douleur.

De façon similaire, Kroṃ représente Śiva ; Aiṃ, Sarasvatī ; Eṃ, le yoni ; Phaṭ, la dissolution, etc.

Les bīja mantras sont avant tout conçus en vue de japa, la répétition. Ils sont répétés et comptés sur les grains d'un rosaire, qui en comporte 12, 18, 28, 32, 64, 108 ou plus. La technique de japa implique la synchronisation d'un son, le nombre de répétitions rythmiques et le sens symbolique du son. Les mantras qui ne sont pas répétés de façon audible mais interne sont nommés ajapā-japa; ils provoquent la vibration incessante d'un son monosyllabique. À l'aide d'une pratique constante, le son mantrique d'ajapā-japa est assimilé de telle façon qu'il en vient à être produit sans effort, à coïncider avec la respiration. La répétition incessante d'un mantra, par exemple haṃ-sa, peut produire une forme inversée de la vibration, sa-haṃ ou so-haṃ, « Cela je suis », ou « Je suis Lui ». Ce n'est que lorsque tous ces éléments sont accordés qu'une concomitance favorable est réalisée.

La fonction principale du mantra est l'identification avec la forme divine ou son énergie, leur intériorisation. S'il est répété selon les règles de la doctrine, le bīja mantra centre la perception auditive et, formant un support tangible à la concentration, il aide à atteindre la continuité de l'éveil. La pratique de japa, ou la répétition silencieuse du mantra, rassemble les énergies mentales diffuses et centrifuges. La condensation du champ de forces imprègne l'adepte de la forme divine, jusqu'à ce qu'il l'intériorise complètement.

Conscience du corps et langage du corps

Les tantrikas considèrent le corps comme la base de l'identité individuelle : « Celui qui réalise la vérité du corps peut alors arriver à connaître celle de l'univers. » *(Ratnasāra.)* Lorsque l'adepte accepte sa subjectivité en tant qu'individu pensant, sentant et voulant, il ne se limite pas à des concepts mentaux, mais vit l'éveil existentiel de son entité physique concrète, animée par les énergies psychiques.

Dans les tantras, le corps est considéré comme l'assemblage de cinq kośas, ou « enveloppes » de densité décroissante. Ce sont, d'abord, le corps physique tangible (Annamaya) ; puis le souffle vital, l'enveloppe d'air vital (Prāṇāmaya) ; la troisième et la quatrième enveloppes, déjà plus subtiles, sont le processus cognitif (Manomaya et Vijñānamaya) ; enfin l'enveloppe de félicité (Ānandamaya), la plus subtile de toutes, est identifiée à l'éternelle joie humaine. Ainsi, physique et psychisme sont-ils interdépendants puisque l'un permet à l'autre d'exister.

Il est possible d'être aliéné de son propre corps – de ne pas être conscient de ses pouvoirs, de le rejeter, de le nier complètement –, mais si, en revanche, on l'apprécie pleinement, on en prend conscience comme d'un fait naturel. Dès lors que le corps fait le lien entre le terrestre et le cosmique, il devient semblable à un théâtre, où se joue le drame psycho-cosmique. L'adoption d'une attitude positive et réceptive envers le corps est une condition *sine qua non* de la sādhanā. L'adepte doit s'identifier avec son corps, et le transformer, car ce corps est l'expression concrète de sa psyché, et, à ce titre, il se caractérise par des rythmes et des structures propres. En tant qu'extension matérielle de l'expression psychique, le corps irradie la joie d'être lui-même. Il n'est pas surprenant, dès lors, que les tantrikas aient développé un système culturel psycho-physique, comprenant diverses espèces de postures physiques et de techniques gestuelles, un langage du corps pour l'animation du rituel.

Nyāsa

Dans le rituel connu sous le nom de nyāsa, on sensibilise certaines parties du corps en plaçant les doigts et la paume de la main droite sur diverses zones d'éveil sensoriel, et chaque attouchement est en général accompagné d'un mantra, de telle sorte qu'avec la puissante résonance

Nyāsa.

mantrique, l'adepte puisse graduellement projeter la puissance divine dans son propre corps. Les tantrikas croient que la chair doit être éveillée de son sommeil, et ce rite introduit symboliquement la puissance du vaste panthéon dans les divers organes du corps. La forme la plus populaire de nyāsa, nommée saḍanga-nyāsa, est accomplie en touchant certaines parties du corps de la façon suivante :

« Toucher le *centre du cœur* avec la paume en récitant :
aim *hridayāya* namah
Toucher le *front* avec quatre doigts :
om klīm *śirasī* svaha
Toucher le *sommet de la tête* avec l'extrémité du pouce, en repliant les doigts sur la paume :
om sahuh *śikhāyai* va sat
Saisir la *partie supérieure des bras* avec les mains croisées sur la poitrine :
om sahuh *kavacaya* hūm
Toucher les *yeux fermés* avec l'index et le médius :
om bhuvah *netratroyaiya* vausat
Placer ces deux doigts sur la paume de la main gauche :
om bhur bhuvah *phat.* »

Mudrā

Un autre moyen d'expression et de communication non verbal consiste en gestes et en postures des doigts répétitifs nommés mudrās, qui sont en relation avec nyāsa dans le rituel tantrique. Les postures rituelles des mains provoquent une réaction subjective dans l'esprit de l'adepte. Les mudrās sont des signes symboliques, des archétypes, basés sur des modèles digitaux, qui prennent la place de la parole. On les utilise pour évoquer dans l'esprit des idées symbolisant les pouvoirs divins ou les divinités elles-mêmes, en vue d'intensifier la concentration de l'adepte. La composition des mudrās est fondée sur certains mouvements des doigts qui sont des formes hautement stylisées de communication gestuelle. Le yoni mudrā, par exemple, représentant le yantra de Śakti, est accompli dans le seul but de demander à la divinité de dispenser son énergie et de l'infuser dans le sādhaka. Dans le *Lakshmi Tantra*, la déesse elle-même donne une description vivante de la composition du yoni mudrā :

« Apprenez de moi le yoni mudrā. Étendant fermement les mains en avant, bien appliquées paume contre paume, on doit plier l'un sur l'autre les annulaires. De la même façon, les index viennent se nicher en face des annulaires. Les deux petits doigts sont placés en face des deux majeurs, et ils sont serrés, tandis que les paumes sont arrondies. Les deux pouces sont placés en direction de la première phalange des majeurs [1]. »

Mudrās et nyāsas expriment la « résolution intérieure », suggérant qu'une telle communication non verbale est plus puissante que la parole. On a récemment commencé à prendre conscience de l'importance de ce type de communication non verbale. En étudiant cette forme de

1. Gupta, *Lakshmi Tantra*, p. 189.

communication, un groupe de scientifiques a découvert que le langage des gestes, postures, mouvements corporels, exprime beaucoup plus que le langage parlé. Dans une étude portant sur une observation expérimentale systématique de la communication entre deux personnes, le psychologue Albert Mehrabian conclut que « seulement 7 % de l'effet du message est transmis par les mots, tandis que 93 % de l'impact total atteint le "receveur" par des moyens non verbaux (...). Les sentiments sont principalement véhiculés par un comportement non verbal [1] ».

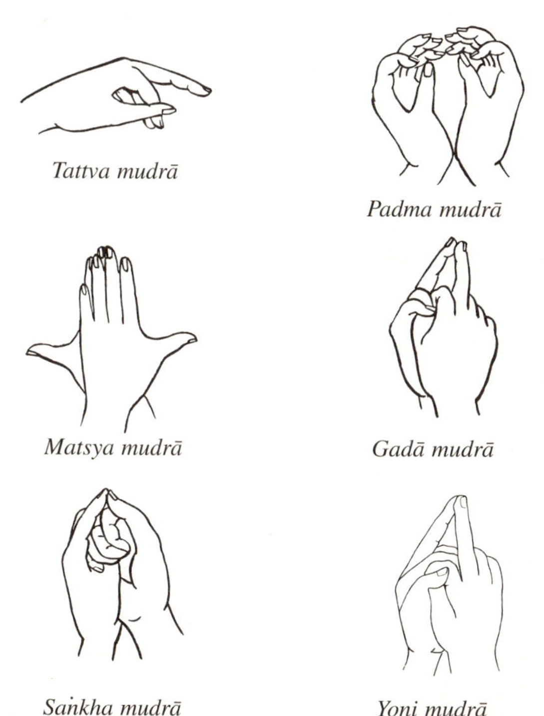

Tattva mudrā — *Padma mudrā*

Matsya mudrā — *Gadā mudrā*

Sankha mudrā — *Yoni mudrā*

1. Cité par Fabun, *Dimensions of Change*, p. 199-200.

Bhūta-śuddhi

Comme nyāsa et mudrā, le rituel de bhūta-śuddhi, la « purification des éléments », aide grandement au processus d'identification. Accompli avant toute cérémonie tantrique, le rite consiste en une dissolution graduelle de chacun des cinq éléments grossiers dont est composé le corps, un retour à leurs sources subtiles. Le rituel est effectué en récitant les mantras appropriés : « Oṃ hrīṃ pṛthivyai (élément terre) huṃ phaṭ » ; « Oṃ hrīṃ adbhyah (élément eau) huṃ phaṭ » ; « Oṃ hrīm ākāsāya (élément éther) huṃ phaṭ ». Ces mantras agissent sur l'esprit de l'adepte jusqu'à ce que son corps matériel soit purifié, le dissolvant étape par étape. Le corps contient en effet tous les éléments et principes cosmiques. Selon le *Lakshmi Tantra* : « L'emplacement de l'élément terre se situe jusqu'à la taille ; celui de l'élément feu, jusqu'au cœur ; celui de l'élément éther, jusqu'aux oreilles. L'emplacement d'ahamkāra, jusqu'à l'orifice de la bouche. L'emplacement de mahat jusqu'aux sourcils. Et l'espace (au-dessus de la tête) est considéré comme l'emplacement de l'absolu [1]. »

L'élément terre dans le corps est dissous par l'élément eau, l'eau par l'élément feu, le feu par l'élément air, l'air par l'élément éther. Finalement, l'éther est absorbé par les principes subtils, jusqu'à ce que l'on atteigne la source de toutes choses. Les cinq éléments grossiers (mahābhūtas), les principes subtils (tanmātras), les organes des sens et de l'intelligence (mahat), sont dissous en Prakṛiti, selon un processus psychique d'involution graduelle. Puis, après avoir recréé son propre corps, le sādhakā est en mesure d'exécuter correctement le culte rituel.

1. Gupta, *op. cit.*, p. 206.

Prāṇāyama

Le contrôle des mécanismes psychosomatiques par la régulation de la respiration est une contribution significative de la discipline yogique au rituel tantrique. La respiration assure un lien vital entre le soi et le corps. Le prāṇāyama (yoga consistant à contrôler Prāṇa, l'élan vital) est peut-être l'une des plus anciennes et des plus importantes techniques d'expansion de la conscience, par le moyen du contrôle de l'énergie bio-motrice du corps humain, qui se manifeste comme Prāṇa. Le contrôle de la respiration, et, par là, des « courants vitaux » dans le corps, a pour effet de purifier les circuits nerveux et de vivifier les centres subtils ; l'objectif principal est la stimulation du centre de la supraconscience, dans le cerveau, pour préparer l'ascension de la Kuṇḍalinī. À cet effet, la discipline yogique a systématiquement développé une technique mettant l'accent sur la localisation, la durée, la vitesse, la profondeur et le rythme de la respiration. En temps normal, notre respiration est très irrégulière ; non seulement l'inspir et l'expir sont déséquilibrés, mais ils manquent d'harmonie. Pourtant, chaque cycle respiratoire individuel réagit dynamiquement sur la Kuṇḍalinī latente, et cette réaction intervient environ 21 600 fois par jour, c'est-à-dire à une fréquence plus ou moins égale au nombre de respirations individuelles. Mais le souffle de la majorité des gens est à la fois superficiel et précipité, et seule une fraction de la capacité pulmonaire est utilisée. Dans ces conditions, le flux d'énergie descendant frapper la Kuṇḍalinī n'est pas en mesure de l'éveiller.

La première étape du Prāṇāyama consiste à régler la respiration, à rythmer l'inspir et l'expir. Le contrôle rythmique prévient la dispersion de l'énergie, sa pratique induit la concentration et maîtrise les impulsions du

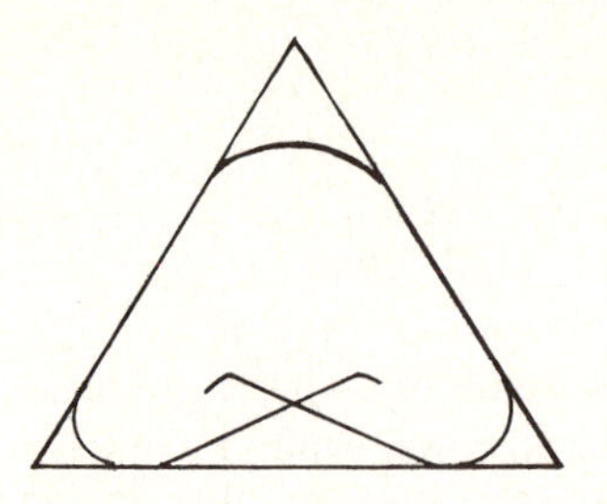

Représentation schématique du circuit formé par la posture du lotus ; les jambes croisées préviennent la dispersion du courant pranique.

système nerveux autonome, tonifiant par là l'ensemble de l'organisme psycho-physique, et harmonisant ses relations internes.

Le Prāṇāyama est utilisé conjointement à d'autres disciplines yogiques, telles qu'āsana, mudrā, mantra, bandha (ou contraction musculaire interne). De nombreuses combinaisons et variantes ont été développées en vue d'orienter les effets du Prāṇāyama. La pratique de Prāṇāyama se compose de plusieurs phases. Il est tout d'abord primordial de prendre pleinement conscience de l'acte respiratoire. Si l'on commence à « sentir » le flux d'énergie pranique, on peut également commencer à le contrôler. Puis vient la posture physique : pour être efficace, le Prāṇāyama doit être pratiqué dans une posture particulière. Une posture bien adaptée est padmāsana, la posture du lotus, où l'on s'assoit jambes croisées, le pied droit reposant sur la cuisse gauche, et le pied gauche sur la cuisse droite, ou bien siddhāsana, la posture de l'accomplissement, où le talon gauche presse fermement le périnée, tandis que le talon droit repose sur la cuisse gauche et touche l'abdomen. Dans ces deux postures, il importe de tenir la tête, la nuque et la colonne vertébrale

Āsana schématiquement analysé pour indiquer les circuits d'énergie pranique et psychique.

bien droites, pour prévenir toute somnolence*. Le regard est dirigé vers l'extrémité du nez ou bien posé sur le sol, et la main gauche est posée dans la paume droite, les pouces se touchant à l'horizontale (dhyāna mudrā).

Les yogis expliquent que l'assise jambes croisées prévient la dispersion de l'énergie pranique. Elle fournit une base triangulaire stable sur laquelle le corps forme un « circuit fermé » de circulation énergétique ; ainsi le prāṇa ne s'évade pas par les extrémités des mains et des pieds, il est maintenu dans le corps tant que la posture est conservée. Une fois bien établi dans la posture, il faut apporter de l'énergie au système, en inspirant largement pour emplir entièrement les poumons.

* L'emploi d'un petit banc ou, mieux, d'un coussin bourré de kapok peut faciliter la tenue de la colonne vertébrale que l'on bascule légèrement au niveau de la cinquième vertèbre lombaire, et renforcer l'assise en lotus. (NdT.)

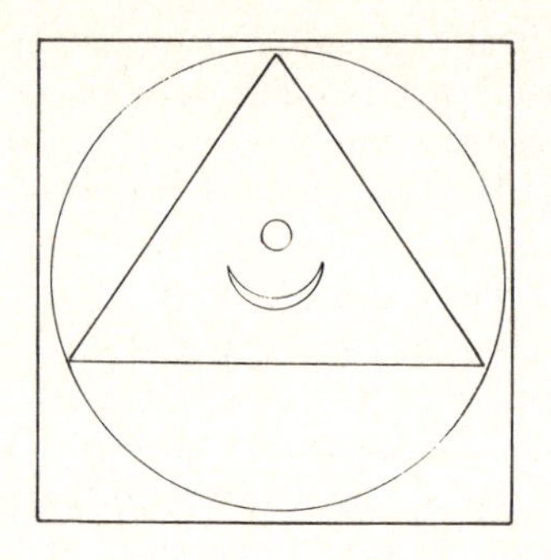

Āsana maṇḍala. Diagramme des cinq éléments. Panehabhuta.

Puis on se concentre sur le rythme de la respiration, en établissant un bon rapport entre les différentes phases de l'unité respiratoire. Une unité respiratoire se compose de trois éléments : inspiration, rétention, et expiration. Le rythme respiratoire réalise un équilibre entre ces trois éléments. Le rapport correct entre inspiration (puraka), rétention (kumbhaka) et expiration (rechaka) est : 1, 4, 2. En secondes, la durée de l'unité respiratoire sera donc :

	Inspiration	*Calice intérieur* (rétention)	*Expiration*	*Calice extérieur* (repos)
Faible	4	16,5	8	1
Intermédiaire	6	33 1/4	10-12	2
Forte	8	50	12-16	3

L'air est inspiré lentement par la narine gauche, liée au conduit lunaire, Īḍā, tandis que l'autre narine est obstruée par le pouce. Il est ensuite retenu et exhalé selon un rythme spécifique. L'exercice est répété de la même façon avec la narine droite, qui est liée au conduit solaire Piṅgalā. La syllabe Oṃ, ou un bīja mantra, est prononcée pour mesurer la durée relative de l'inspiration et de l'expiration. En même temps il est également essentiel de se concentrer sur les deux conduits nerveux (Īḍā et Piṅgalā), alternativement remplis et vidés. On sent que l'on envoie un flux d'énergie frapper les racines de la Kuṇḍalinī.

Après l'exercice, il est nécessaire de s'allonger sur le dos, dans la posture du cadavre *(Śavāsana)*, pour se détendre et calmer l'esprit. La fréquence de l'exercice doit être accrue graduellement. Plus la respiration est retenue longuement, et plus l'énergie est absorbée par le système, au prix d'un contrôle volontaire accru de Prāṇa. Lorsque cette pratique atteint la perfection, elle commence à donner ses premiers effets. Le corps se détend peu à peu, et il entre en harmonie rythmique avec les éléments intérieurs ; le visage « rayonne comme le soleil ». Et, quand l'adepte atteint la perfection absolue, il sent l'ascension de Prāṇa le long de la Sushumṇā (le conduit central du corps subtil) et la cessation du flux énergétique le long des conduits solaire et lunaire.

Le Prāṇāyama est aussi largement utilisé en vue d'atteindre des états de méditation, en se concentrant sur les mouvements intérieurs de respiration. Par exemple, on fait attention à la fraction de seconde qui sépare l'inspiration de l'expiration. Ou bien on se concentre sur la respiration elle-même, et sur les divers centres traversés par l'ascension de Prāṇa.

Concentration et méditation

Les techniques yogiques de concentration et de méditation tiennent une place centrale dans le rituel tantrique. Tous les processus d'identification et d'intériorisation auxquels le tantrisme attache tant d'importance peuvent être réalisés en centrant systématiquement l'attention sur un stimulus. L'identification avec la divinité, la fusion avec l'objet de la contemplation, l'expérience de l'unité présupposent plusieurs types d'exercices physiologiques et spirituels, qui provoquent une expansion du champ de la conscience, en dissolvant les pulsions terrestres au profit de l'ouverture des portes de la perception de l'unité.

Le second aphorisme du *Yoga-Sūtra* de Patañjali décrit le yoga comme l'« inhibition de la modification de l'esprit ». La concentration implique la fixation de l'attention (ekāgratā) sur un simple stimulus, en vue de réaliser une autonomie parfaite par rapport à la « conscience dispersée, discontinue, diffuse » (sarvarthatā). Dans la vie quotidienne, notre attention est sans cesse sollicitée par une quantité de stimuli extérieurs. Les pulsions subconscientes dispersent notre esprit et introduisent une myriade d'associations mentales, mots, images, sensations ; aussi notre conscience est-elle continuellement à la merci de ces énergies intérieures. La méditation exige que l'on se débranche complètement de ce flux mental en centrant l'attention sur un objet ou un stimulus spécifique : « Aussi longtemps que les vagues sont absentes et que le lac est tranquille, on peut en voir le fond. Il en est de même pour l'esprit : lorsqu'il est calme, nous pouvons discerner notre nature propre ; nous ne participons pas à la modification de l'esprit ; nous restons nous-mêmes [1]. »

La méditation présuppose un sujet, un objet et un processus expérimental. Bien que ces trois éléments s'unifient, l'accent est mis sur le processus transformateur, véhicule de l'éveil et agent de l'ultime réalisation. Le Prāṇāyama, dhāränā ou la concentration, et la méditation elle-même sont des phases du même processus. Chaque phase est un subtil raffinement de la précédente. Un acte d'attention simple consiste à centrer son esprit sur un objet, une idée ou un sentiment particuliers ; la concentration n'est rien d'autre que l'intensification du même

1. Nikhilananda, *Vivekananda, The Yoga and Other Works*, p. 627.

processus, où plus aucune sollicitation étrangère ne vient nous troubler. Quant à la méditation, c'est une forme encore plus intense, caractérisée par un contrôle volontaire de l'esprit conduisant à une expérience condensée d'un mode d'être situé par-delà la condition ordinaire de la conscience.

Les symboles traditionnels aident au recueillement et rappellent une réalité momentanément oubliée dans le tohu-bohu des distractions mondaines. Plusieurs d'entre eux sont utilisés comme supports de concentration, de l'objet graphique élémentaire aux diagrammes de puissance structurellement complexes tels que yantras et maṇḍalas. On recourt également à des formes sculpturales telles que le Śiva-liṅga et le Śālagrāma. La tradition yogique évoque aussi la concentration sur la surface extérieure du corps. Une méthode très simple consiste à fixer l'attention, yeux mi-clos, sur l'extrémité du nez ou l'espace entre les sourcils ; ou bien à contempler la flamme d'une bougie. L'adepte maintient un regard ferme et tranquille sur l'objet. Le contrôle de la concentration élimine les pensées errantes et supprime momentanément le monde extérieur. Cet exercice est plus difficile qu'il n'apparaît de prime abord, car les débutants ont beaucoup de mal à se concentrer longtemps sur le même objet, ils se laissent distraire et retrouvent invariablement leur attention ballottée de-ci et de-là. Chaque fois que cela se produit, le débutant doit reporter son attention sur l'objet de la méditation, et reprendre l'exercice.

Un autre moyen fréquemment utilisé pour faciliter la méditation consiste à concentrer son attention sur diverses modalités sensorielles telles que la répétition de mantras, ou l'écoute de sons internes. Les sons peuvent être naturels, comme le bruit d'une cascade, le mugissement de l'océan, le bourdonnement des abeilles ou la musique d'une flûte, ou bien l'adepte peut se concentrer sur un son imaginaire.

La visualisation d'une image divine est une autre méthode pratiquée par les tantrikas. La technique de la visualisation implique normalement une intériorisation du flux d'énergie psychique. Lorsque cela se produit, notre vision intérieure projette une image sur un écran mental ; et nous avons l'expérience de cette forme à la surface de l'esprit. De telles visions ne sont ni des rêves ni des fantasmes. Dans le rêve, diverses images surgissent de l'inconscient ; la visualisation diffère du rêve en ce qu'elle est provoquée, même si elle utilise un matériau pictural semblable à celui du rêve, elle est plus proche de la conscience. La méditation est accomplie dans un lieu tranquille et solitaire ; l'adepte, les yeux fermés, construit mentalement une image de la divinité de son choix. Ce n'est pas une construction personnelle qui est délibérément projetée sur l'écran intérieur de la conscience, mais une empreinte iconographique, basée sur des descriptions détaillées trouvées dans les textes traditionnels. La visualisation est strictement pratiquée, suivant l'imagerie canonique, et chaque partie du corps de la divinité et de ses attributs symboliques est hautement dramatisée pour stimuler l'imagination créatrice de l'adepte. Ce dernier est comme un tisserand disposant minutieusement les fils colorés destinés à produire l'archétype, ou un sculpteur façonnant attentivement une image mentale. L'image ainsi créée ne doit surtout pas être perturbée par une agitation ou une pensée intérieures, puisque la visualisation est suivie par l'identification. L'adepte se concentre profondément sur chaque aspect de la divinité, imaginant qu'il se transforme graduellement en celle-ci. Cet exercice exige que l'imagination créatrice joue un rôle actif.

Ces techniques de méditation ont toutes en commun d'amener l'adepte au foyer de ses propres énergies psychiques, en rassemblant ses pulsions centrifuges dans un noyau central. De cette façon, les aides deviennent des

« ponts » sur le chemin de la sādhanā. La méditation produit deux effets principaux : elle « centre » l'individu, et, par suite, elle provoque une expérience d'expansion de la conscience, nécessairement irrationnelle et intuitive dans sa forme et son contenu.

Toutes les techniques tendent fondamentalement à renforcer le pouvoir de la vision intuitive ; c'est la raison pour laquelle elles utilisent des moyens qui mettent en jeu tous nos sens : par exemple l'ouïe avec les mantras, le toucher avec les mudrās, nyāsas et āsanas ; l'odorat et la respiration avec le prāṇāyama ; la vue avec la contemplation et la visualisation ; la conscience avec la concentration et la méditation. Chaque technique fait vibrer certaines cordes sensibles, et leur combinaison provoque un nouvel état mental à partir duquel peut se déployer le rôle intuitif de notre conscience.

Après ce rapide survol de différentes techniques, il nous faut revenir à la question fondamentale : Quel est le mécanisme évolutionnaire dans le corps humain qui engendre la puissance illimitée de la transformation ? Sur quoi repose la conception des énergies subtiles à l'œuvre dans l'organisme humain ? Les tantrikas se réfèrent à la mystérieuse Kuṇḍalinī Śakti. Au verset 3 du *Satchakra-Nirupana*, la Kuṇḍalinī est décrite ainsi : « Belle comme une série d'éclairs et fine comme une fibre de lotus, elle brille dans l'esprit des sages. Elle est extrêmement subtile, l'éveilleuse de la pure connaissance, l'incarnation de toute félicité, dont la véritable nature est pure conscience. » Il est difficile de se faire d'emblée une idée claire de ce qu'est la Kuṇḍalinī. Le verset la décrit comme une énergie transformatrice extrêmement subtile. La Kuṇḍalinī est-elle dès lors une énergie contraignante, une puissance transformante, une conscience unifiante ? Elle est plus que cela encore.

La Kuṇḍalinī est la forme microcosmique de l'énergie universelle ou, plus simplement, la vaste réserve d'énergie psychique potentielle, qui existe à l'état latent dans chaque être. C'est la plus puissante manifestation de l'énergie créatrice dans le corps humain. Le concept de Kuṇḍalinī n'est pas particulier au tantra, il fonde toutes les pratiques yogiques, et toute expérience spirituelle authentique est considérée comme le fruit de l'ascension de cette puissance. La Kuṇḍalinī est décrite comme lovée, endormie, inactive, à la base de la colonne vertébrale, nommée mūlādhāra chakra ou centre-racine, bloquant l'entrée du passage qui mène à la conscience cosmique, au centre du cerveau. Dans la plupart des cas, la Kuṇḍalinī peut rester endormie durant toute une vie, et l'individu demeurer ignorant de son existence. De nos jours, la notion la plus proche de celle-ci est ce que les techniciens du comportement nomment l'écart entre notre moi potentiel et notre moi réel. L'individu moyen n'utilise ainsi que 10 % de ses capacités, tandis que la plus grande partie de ses potentialités n'accède pas à la réalisation. La Kuṇḍalinī Śakti ne doit toutefois pas être assimilée aux capacités créatrices de l'individu, mais conçue comme une énergie susceptible d'éveiller la puissance psychique indéniablement présente en chacun de nous. Aucune description concrète de la Kuṇḍalinī en termes symboliques ou physiologiques n'est satisfaisante ; c'est une vibration subtile de haute puissance, qui échappe au scalpel du chirurgien. Sa nature se dérobe à l'analyse, et son efficacité ne peut être appréciée qu'à l'expérience, et d'après l'effet que son ascension produit sur le corps humain.

Au sein de sa forme corporelle, l'être humain embrasse tous les plans subtils de l'univers ; au-delà de son existence physique, un « double éthérique » constitue son corps subtil. Les enveloppes subtiles sont en relation avec le corps grossier en plusieurs points psychiques. Les nombreux conduits éthériques sont connus sous le nom de nāḍis (de la racine *nād*, mouvement, vibration), et les plus importants d'entre eux sont le nāḍi lunaire, īḍā, le nāḍi solaire, piṅgalā, et le conduit subtil central, sushumṇā. Bien qu'on ait tenté une identification anatomique de ces canaux, ceux-ci sont physiquement indécelables. C'est principalement par le mécanisme de cette structure subtile que le courant vital de la Kuṇḍalini est éveillé.

Le centre du mūlādharā, situé à la base de la colonne vertébrale, entre l'orifice anal et les organes génitaux (plexus sacral), est le point de départ de tous les principaux nāḍis. La sushumṇā part du périnée, court le long de la colonne vertébrale, jusqu'au sommet de la tête. Parallèlement, de part et d'autre, se trouvent īḍā, sur la gauche, et piṅgalā, sur la droite. Īḍā et piṅgalā, qui se séparent de la sushumṇā au niveau du mūlādhāra chakra, la rencontrent dans la région de l'ājñā chakra, situé entre les sourcils (plexus caverneux), et se séparent à nouveau suivant la narine droite et gauche. Le long du conduit de la Sushumṇā se trouvent six centres psychiques majeurs, nommés chakra, auxquels il faut ajouter un centre situé au-dessus de la tête ; à eux tous ils forment les sept principaux tourbillons psychiques du corps subtil. Ces chakras ne se révèlent qu'aux adeptes pratiquant par le moyen du yoga.

On a souvent tenté d'identifier les chakras à certaines parties du corps. Mais Rieker observe à juste titre :

« Si le système des chakras était identique au système nerveux central, alors notre connaissance scientifique serait erronée, ou bien les enseignements du yoga seraient d'absurdes fantaisies. Mais ce n'est pas le cas. Notre connaissance du système nerveux central ne concerne que le plan matériel, tandis que la théorie des chakras plonge aux sources les plus profondes de tout processus dynamique en l'homme, jusqu'aux fonctions cosmiques primordiales, auxquelles nous sommes indéniablement liés [1]. »

1. Rieker, *op. cit.*, p. 36.

Les chakras sont représentés par des lotus, et chacun d'eux est relié à une couleur ; le nombre des pétales de chaque lotus indique le niveau vibratoire d'un chakra particulier. Ainsi, seulement quatre fréquences sont attribuées au centre-racine, où l'énergie est au plus bas et la résistance la plus élevée, et le nombre de fréquences s'accroît considérablement au fur et à mesure que l'on progresse dans l'échelle. Les lettres inscrites sur les pétales ne doivent pas être considérées seulement comme des signes alphabétiques : elles indiquent les vibrations sonores et les divers degrés d'énergie à l'œuvre dans les différents centres. Les couleurs sont également liées aux fréquences. Parmi les interprétations offertes pour rendre compte de l'utilisation symbolique de la fleur de lotus, celle-ci explique leur fonction : lorsque les écrans obstruant les chakras sont levés, ces derniers s'ouvrent de l'intérieur, comme des fleurs.

Les tantras ont décrit en détail les sept chakras, leur corrélation symbolique avec le son, la couleur et la forme, leur signification et leurs fonctions.

1. *Mūlādhāra* (Centre-racine) *Chakra*. Quatre pétales rouges affectés des lettres d'or *v, sh, s*, et *ś*. À l'intérieur, un carré jaune représente l'élément terre, avec le bīja mantra *Lam*. Au centre du carré, un triangle renversé renferme la mystérieuse Kuṇḍalinī assoupie. Lovée autour du Svyaṃbhu-linga, elle fait trois tours et demi sur elle-même. Ceci représente la forme non manifestée, au repos, de la Kuṇḍalinī. Ce chakra est associé à la force de cohésion de la matière physique, à l'élément inerte, au sens de l'odorat. Sa divinité tutélaire est Brahma, avec sa Śakti, Dākinī. Les quatre lettres représentent les variations-racine et sont liées au pouvoir de la parole.

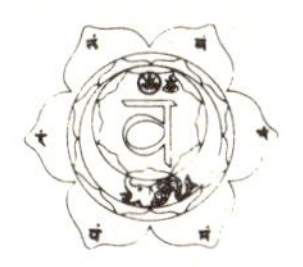

2. *Svādishthāna* (Plaisant) *Chakra*. Situé à la base des organes génitaux, il comporte six pétales vermillon portant les lettres *b, bh, m, y, r* et *i*. À l'intérieur, une demi-lune lumineuse et immaculée représente l'élément eau, avec le bīja mantra *Vam*. Sur le bīja mantra est assise la divinité tutélaire Vishnu, flanquée de sa Śakti, Rākinī, ou Chākinī. Ce chakra régit le sens du goût.

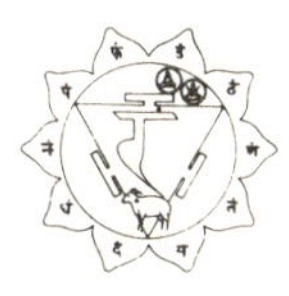

3. *Maṇipūra* (Site du Joyau) *Chakra*. À deux pouces en dessous du nombril (plexus lombaire ou épigastrique), se trouve un lotus bleu de dix pétales portant les lettres *d, dh, n, t, th, d, dh, n, p, ph*. À l'intérieur, un triangle rouge renversé, « rayonnant comme le soleil levant », représente l'élément feu, avec le bīja mantra *Ram*. La divinité tutélaire est Rudra associé à sa Śakti, Lākinī. Ce chakra régit le sens de la vue.

4. *Anāhata* (Non Frappé) *Chakra*. Dans la région du cœur (plexus cardiaque), douze lettres – *k, kh, g, gh, ṅ, ñ, ch, chh, j, jh, t, th* – sont inscrites sur des pétales dorés. À l'intérieur, deux triangles, de couleur fumée, s'interpénètrent et renferment un troisième triangle renversé, « brillant comme dix millions d'éclairs », contenant un Bāna-liṅga. Ce chakra est associé à l'élément air. Au-dessus des deux triangles se trouve sa divinité tutélaire, Īśa aux trois yeux, avec sa Śakti, Kākinī (de couleur rouge). Son bīja mantra est *Yam*, et il est principalement associé au sens du toucher.

5. *Viśuddha* (Pur) *Chakra*. Situé à la jonction de la colonne vertébrale et de la moelle allongée, derrière la gorge (plexus laryngal ou pharyngal), il est pourvu de seize pétales de couleur pourpre fumé, affectés des consonnes *m* et *h*, des voyelles *a, ā, i, ī, u, ū, e, ai, o, ou*, et des syllabes *ṛi, ṛī, ḷī, ḷī*. À l'intérieur, un cercle blanc entoure un triangle porteur du bīja mantra *Ham*. Sa divinité tutélaire est Sadāśiva sous son aspect d'Ardhanārīśvar (androgyne). Ce chakra est associé à l'élément éther et contrôle le sens de l'ouïe.

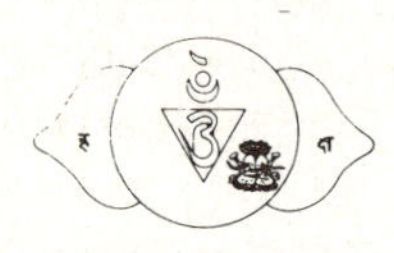

6. *Ājñā* (Commande) *Chakra*. Situé entre les sourcils, il gouverne les divers états de concentration. C'est un lotus blanc à deux pétales, portant les lettres *h* et *ksh*. En son centre, un triangle blanc renversé contient l'Itara-liṅga blanc et le bīja mantra *Oṃ*. Sa Śakti titulaire est Hākinī, et il est associé aux diverses facultés cognitives de l'esprit.

7. *Sahasrāra* (Millier) *Chakra*. Le « Lotus aux Mille Pétales » est situé environ quatre pouces au-dessus du sommet de la tête ; on le nomme également Brahmarandhra, c'est le lieu où la Kuṇḍalinī Śakti rencontre la Pure Conscience. Sur ses pétales sont inscrites toutes les possibilités sonores, représentées par l'alphabet sanscrit. Selon le tantrika Satyananda Giri, la Kuṇḍalinī doit encore traverser dix-huit mahāvidiyās (ou cercles subtils d'énergie entourant le Sahasrāra) avant de s'unir finalement à Śiva, dans un acte connu sous le nom de maithuna-yoga.

Le Sahasrāra est le centre de la conscience quintessentielle, où s'opère la fusion de toutes les dualités. Il neutralise sons et couleurs, intègre toutes les fonctions cognitives et intuitives, et embrasse les énergies statiques et dynamiques des divers centres dans une unité omnipénétrante. Là, la Kuṇḍalinī achève son voyage après avoir traversé les six chakras. C'est en ce centre qu'intervient la rupture de niveau, que s'opère le dépassement paradoxal des phénomènes (saṁsāra) par la transcendance. L'être humain ne peut expérimenter cet état plus de vingt et un jours d'affilée, après quoi la Kuṇḍalinī inverse son mouvement et revient au plan relatif. Mais la voie est désormais ouverte à la spontanéité de l'expérience, et l'événement vécu reste inoubliable toute une vie durant.

Dans ce que Jung nomme le processus d'individuation, la psyché devient un tout intégré lorsque est réalisé l'équilibre entre les quatre fonctions de la pensée, du sentiment, de la sensation et de l'intuition. Si nous traçons un parallèle entre les idées de Jung et le système des chakras, nous voyons qu'à chaque tourbillon d'énergie on rencontre un nouvel élément, dans l'ordre ascendant la terre, l'eau, le feu, l'air et l'éther, chacun de ces cinq centres manifestant une possibilité incluse dans le précédent. Ainsi, les attributs du centre-racine, associé à l'élément terre, sont-ils la cohésion et l'inertie, un niveau auquel on est satisfait sans éprouver le moindre désir de changement ou d'expansion. En même temps, tout comme la racine d'un arbre implique la possibilité de sa croissance, le centre-terre implique la faculté de l'expansion de la conscience. De la même façon, l'énergie du second chakra, associée à l'eau, tend, comme cet élément, à descendre et à se condenser. Le troisième chakra, associé au feu, implique un mouvement ascendant de combustion. Le quatrième chakra, associé à l'air, est caractérisé par une tendance à se mouvoir en toutes directions pour entrer en relation avec d'autres possibilités. Enfin le cinquième chakra, correspondant à l'éther, est comme un réceptacle au sein duquel opèrent tous les éléments.

Le processus du devenir n'est pas linéaire mais dialectique, c'est-à-dire toujours animé de pulsions contradictoires. La Kuṇḍalinī ne jaillit pas comme une flèche, mais à chaque étape de son déploiement, elle doit défaire les nœuds de différentes énergies. À chaque dénouement successif, une transformation spécifique se produit. Les éléments symboliques associés aux tourbillons dénotent quelque chose de la bipolarité négatif/positif à l'œuvre dans chaque personnalité individuelle. Au cours de sa progression, la Kuṇḍalinī assimile les différentes énergies libérées par les centres, et le sādhaka expérimente le jeu multiforme de visions lumineuses et colorées ainsi que de sons subtils. Au niveau éthérique de l'ājñā chakra, le centre situé entre les sourcils, il devient possible de percevoir et de contrôler la moitié inférieure du fonctionnement dialectique de la personnalité et d'harmoniser les diverses énergies.

Dans le système de Jung, avec l'aide d'un thérapeute, le processus d'individuation transcende les barrières dualistes à l'œuvre dans la personnalité du patient ; de façon similaire l'initié tantrique, au cours d'une longue formation sous la stricte conduite d'un guru, apprend à équilibrer le processus dialectique des chakras inférieurs avec l'aide de sa volonté. Une fois l'équilibre atteint entre toutes les fonctions, l'individuation psychique produit une conscience toute nouvelle, un état d'éveil.

Āsana, rituel individuel de l'union

Le tantra āsana est un moyen de transcender la condition humaine ; grâce à lui, l'énergie sexuelle physique de l'homme et de la femme peut être transformée en un maximum de puissance par l'intégration totale des forces polaires opposées. À travers les pratiques méditatives programmées des āsanas sexo-yogiques, Kuṇḍalinī, l'énergie psychique latente du corps humain, est éveillée et conduite du mūlādhāra chakra au centre cervical, sahasrāra, où elle s'unit à la conscience cosmique. Les tantrikas croient en effet qu'en manipulant l'énergie inhérente à la sexualité physique, il est possible de trouver le moyen de s'élever jusqu'au plan spirituel, où se réalise la pure joie (ānanda) dans l'union transcendantale. Il s'agit d'expérimenter et de savourer la puissance de la sexualité en vue d'un retour pleinement conscient à l'état primordial d'unité.

À travers les âges, l'acte sexuel fut généralement associé à la procréation ou au plaisir physique. Les tantrikas furent parmi les premiers à libérer la sexualité de son orientation limitée et à en reconnaître la valeur spirituelle. Si la sexualité est spiritualisée, revivifiée, sublimée et considérée comme une modalité acceptable dans le domaine des pratiques rituelles, cela est dû, jusqu'à un certain point, aux recherches pratiques des tantrikas. L'attitude sexuelle d'un tantrika pratiquant est inconditionnelle : la sexualité n'est considérée ni dans un contexte moral, ascétique ou inhibiteur, ni sous l'angle de l'indulgence et du laisser-aller. L'āsana rituel est dépourvu d'émotions et de pulsions sentimentales. Il est soutenu par la possibilité technique d'utiliser la sexualité comme un moyen de réalisation. La sexualité n'est ni immorale ni morale, elle est amorale. Le tantrika se distingue des puritains en ce qu'il considère le mépris des facteurs psycho-physiologiques qui sont à la racine de nos instincts comme une cause de maintien dans l'esclavage. La libération procède d'un changement de perspective, et l'aube de la réalisation ne peut poindre que si le corps physique est transcendé par l'usage qu'on en fait dans la quête de la transformation. Le corps est un simple instrument, un yantra, et aucun code moral, aucune éthique sociale ne peuvent le maintenir prisonnier. Il est considéré comme divin en soi, comme une énergie vitale capable d'agir formidablement sur la condition mentale, qui réagit à son tour sur le plan spirituel.

Le tantra est parfaitement en accord avec la notion selon laquelle la sexualité, ou la fusion des opposés, est la base habituelle de tous les phénomènes, quelle que soit leur dimension. L'universalité de ce concept au plan physique, du niveau infracellulaire au niveau humain, est démontrée par le fait que « la microsexualité est le fondement biologique de la macrosexualité. Cela est indiscutable. Tous les phénomènes sexuels de la nature sont conçus en vue de produire un résultat, le mélange des codes génétiques de deux individus de la même espèce. L'irradiation et la fulguration de la sexualité humaine dont nous faisons l'expérience, étreinte, caresses, baisers, érection, pénétration, copulation, orgasme, tout cela poursuit un seul dessein : la mise en scène d'un drame cellulaire, l'odyssée du sperme à travers les tunnels et les portes de l'appareil génital féminin, sa quête de l'œuf primordial et enfin l'union d'un spermatozoïde avec l'ovule [1] ».

Ce qui est dit du désir d'union au niveau biologique est applicable à l'ensemble du système cosmique. La totalité du drame universel se répète dans le corps humain. Selon le tantra, l'individuel et l'universel sont construits sur le même plan. La joie intense dérivée de la gratification sexuelle ne varie que par le degré, selon qu'elle est dissipée dans la forme physique ou bien subtilement activée dans un dessein spirituel. Par son contenu existentiel, le rituel de l'union est fonctionnellement détachable du mental. Le masculin et le féminin y jouent chacun leur rôle. Ils ne cherchent pas à expliquer, mais agissent de

1. De Ropp, *Sex Energy*, p. 4.

façon à ressentir. Aussi bien le rituel se confine-t-il à organiser une rencontre expressive, au moyen de formes visibles et intelligibles, dans une relation où la satisfaction est recherchée à travers une série de rites de personnification, transformation, visualisation, identification et transfert. L'efficace du rituel condense par empathie l'imagination créatrice et l'énergie des sens ; une telle opération renouvelle totalement la vision que chaque partenaire a de l'autre, et ils progressent ensemble vers la plénitude de l'unité. Ainsi le rituel de l'union demeure-t-il une expérience ressentie, de nature dionysiaque plutôt qu'apollinienne ou analytique.

Le rituel est accompli avec une partenaire considérée comme la réflexion de Śakti et, pour que la pratique de l'āsana soit couronnée de succès, il importe que le tantrika s'abandonne complètement à l'objet de son culte, en l'occurrence la participante féminine qui incarne l'énergie divine. La « sainte femme » résume à elle seule toute la féminité, l'essence de toutes les Śaktis sous les divers aspects. Elle devient une source éternelle de joie. Quelle que soit son origine sociale, son apparence et sa condition physique doivent comporter certains signes auspicieux pour qu'elle soit une participante idéale : elle doit être en bonne santé, avoir des yeux de lotus, des seins bien formés, une peau douce, une taille fine « sertie dans la gemme des hanches » *(Lalaita Vistāra)*. L'adepte masculin doit également répondre à certaines prescriptions physiques.

La méthode de l'āsana tantrique incorpore trois types principaux de contrôle, et distingue cinq subdivisions dans le cours de la discipline :

1. *Contrôle de la conscience :* L'adepte doit développer la capacité de se concentrer et apprendre consciemment à contrôler son esprit. Au plan physique, l'āsana est une concentration sur un point, ou ekāgratā. De même que la

concentration sur un seul objet met un terme aux divagations de la conscience, de même l'āsana dépasse la mobilité physique en réduisant un certain nombre de positions à un simple archétype.

2. *Contrôle de la respiration*, par la maîtrise de la technique de prāṇāyama. Outre sa fonction méditative nous avons vu le rôle fondamental de cette pratique dans l'éveil de la Kuṇḍalinī. Les tantras insistent sur ce point.

3. *Contrôle des émissions séminales masculine et féminine :* Contrairement à la croyance commune, la pratique de l'āsana implique la rétention de l'énergie sexuelle – ici se situe l'*acid test** de la sādhanā tantrique. L'énergie orgasmique accumulée accroît la pression interne, transmutant les pulsions sexuelles en une telle puissance que le courant psychique est libéré. La transmutation de la puissance sexuelle confirme que la brève période de joie charnelle reste éphémère, bien qu'elle puisse devenir un moment visionnaire, tandis que la félicité dérivée de l'union spirituelle achevée par la pratique de l'āsana est une perpétuelle expérience extatique.

Sur la base de ce triple contrôle de la conscience, de la respiration, et des émissions séminales, qui forme les principales techniques de l'āsana, l'ensemble des pratiques ésotériques de préparation, purification, culte, méditation et unification est orienté vers la réalisation de la synthèse.

Avant d'entreprendre le rituel, on choisit un lieu favorable, et on détermine une époque et une heure propices avec l'aide du guru. Selon la tradition, il existe chaque mois un jour extrêmement favorable : le huitième ou le

* Allusion à la pratique d'expérimentation sauvage du LSD qui eut cours aux États-Unis, vers 1965, particulièrement en Californie autour de Ken Kesey et du Grateful Dead. (NdT.)

quinzième jour suivant la lune noire ; ou bien un mardi suivant la pleine lune de huit ou quinze jours.

Le lieu du culte revêt également de l'importance. Les tantrikas insistent de façon répétée sur la nécessité d'accomplir le rituel en un lieu solitaire, dans une atmosphère dépourvue de bruit et de pollution. Notre condition psychique est inextricablement liée à la qualité de l'environnement. Il importe que nos sentiments et nos actes soient synchronisés dans une harmonie parfaite. Un milieu favorable porte notre efficience à son maximum et réduit les risques de frictions internes. En revanche, un milieu défavorable conduit à la fossilisation des pensées et des sentiments. Un environnement convenable aide à coordonner l'extérieur et l'intérieur, de telle sorte que la vie devient plus cohérente et davantage gratifiante. Il est donc nécessaire que le lieu du culte permette à nos énergies spirituelles de circuler librement en nous. Comme l'explique Rieker : « Supposons que l'être humain soit privé d'un environnement adéquat, il ne pourrait ni créer ni transformer son soi, car il lui manquerait la mesure externe de ses relations internes. Le soi n'est pas une catégorie *a priori*, il existe dans la relation avec l'environnement ici et maintenant [1]. »

Les actes consistant à se baigner (ablution), s'habiller, s'asseoir pour le culte, offrir les ingrédients rituels, ainsi que d'autres actes rituels tels que nyāsa et bhūta-śuddhi (purification du corps et des éléments) sont accomplis pour accorder l'environnement, le corps et l'esprit.

Préparation

Après que les deux partenaires se sont baignés, Śakti (la partenaire féminine) est doucement massée avec des huiles parfumées : jasmin sur les mains, keora sur le cou et

1. Rieker, *The Secret of Meditation*, p. 52.

les joues, champa et hina sur les seins, nard sur la chevelure, musc sur le ventre, pâte de santal sur les cuisses et khus sur les pieds. La raison principale de l'emploi de certains parfums est la stimulation de la région du mūlādhāra chakra, qui, relié au plan terrestre, communique directement avec le sens de l'odorat. Un point vermillon est dessiné entre les sourcils de la Śakti pour marquer le lieu d'ouverture du troisième œil. Vêtu de laine ou de soie rouge, le Sādhaka s'assied jambes croisées, et sa Śakti s'assied en face de lui. Les ingrédients rituels ont été disposés de façon esthétique à l'endroit où le rituel doit prendre place. Sur le côté droit du sādhaka se trouve un plateau chargé de fleurs, parmi lesquelles des hibiscus, quelques brins d'herbe, des grains de riz, des feuilles de tulsi (une plante sacrée), des guirlandes de fleurs, l'ensemble lavé avec un mélange d'eau, de vermillon et de pâte de santal rouge ; figurent également une lampe à huile, un brûleur d'encens et des aliments cuits. En face du sādhaka sont disposés des récipients rituels emplis d'eau, un pot à libations (pour le tantrika, « un pot montre l'univers »), recouvert de cinq feuilles de mangue symbolisant les cinq éléments, et posé sur un bloc d'argile modelée, ainsi que la Śri-pātra ou coupe de vin sacré. Chaque article rituel est doté d'une signification symbolique et sert d'auxiliaire à la préparation des deux partenaires.

Purification

Après avoir accompli la discipline initiale, le sādhaka entame le rituel de purification en récitant l'āchamana (petites gorgées) mantra : Oṃ ātmatattvaya svāhā (« Le soi dans l'officiant n'est autre que la conscience qui l'habite »), ou Oṃ Śivatattvaya svāhā, Oṃ Śaktitattvaya svāhā, et en vue de maîtriser impeccablement les étapes successives de la communion, il réalise que toutes ses activités physiques et psychiques procèdent de cette conscience, Śiva-Śakti. Avec l'extrémité de ses doigts enduite de vermillon ou de pâte de santal, il trace sur le sol un triangle représentant Prakṛiti, et récite le mantra :

Oṃ āsane upavesanamantrasya
merupṛṣṭharṣi sutalam chandaḥ
kūrmo devatā āsanopaveśane viniyogaḥ
oṃ prithivī tvyi dhṛitā lokāḥ
devī tvaṃ viṣṇurā dhṛitā
tvaṃ ca dhāraya māṃ devī
pavitraṃ kurucāsanaṃ

Le sādhaka purifie de cette façon l'atmosphère et sanctifie le siège (āsana représente la terre) qui est une natte, une peau de daim ou une couverture de laine brute. Se touchant la bouche avec la main droite, il la purifie avec le mantra Oṃ tadviṣṇoṛparanaṃ padaṃ, le nez avec le mantra Sadā paśyanti sūrayah, les yeux avec le mantra Dībība chakṣurātatam. Puis il salue son guru en récitant les mantras suivants [1] :

en touchant sa bouche,
Oṃ gurubhyo namaḥ
en touchant le milieu de son front,
Oṃ paramagurubhyo namaḥ
en touchant le sommet de sa tête,
Oṃ parāparagurubhyo namaḥ
en touchant le côté droit de son corps,
Oṃ Ganeṣāya namaḥ.

Joignant les paumes de ses mains et touchant le sommet de sa tête, il dit alors :
Oṃ Hūṃ Hrīṃ Śiva-Śaktibhyāṃ svāhā.

1. Les indications fournies sur un certain nombre de mantras par Kalyan S. Coll ont été d'un grand secours.

Protection

Maintenant vient le rituel des mesures de protection. La puissance de la divinité est ritualisée dans chaque partie du corps (aṅga-nyāsa) pour former un circuit protecteur et activer les centres énergétiques du corps du sādhaka. Dans le mantra suivant, différentes parties du corps sont associées à divers aspects de l'énergie de telle sorte que le champ physique entier de l'adepte est protégé et revivifié. Les mantras prononcés durant le rite sont conçus pour créer des vibrations appropriées à l'intérieur du champ psychique. L'adepte prononce trois fois chaque mantra, touchant les parties de son corps avec le pouce, le majeur et l'annulaire :

Hrīṃ, qu'Ādyā (Énergie primordiale) protège ma tête.
Srīṃ, que Kālī protège mon visage.
Krīṃ, que la Śakti Suprême protège mon cœur.
Que Celle qui est la Suprême des Suprêmes protège ma gorge.
Que Jagaddhātrī protège mes deux yeux.
Que Śankarī protège mes deux oreilles.
Que Mahāmāyā protège mon pouvoir de sentir.
Que Sarvamaṅgalā protège mon pouvoir de goûter.
Que Kaūmarī protège la puissance de mes dents.
Que Kamalālayā protège mes joues.
Que Kṣmā protège mes lèvres inférieure et supérieure.
Que Mālinī protège mon menton.
Que Kuleśvarī protège ma gorge.
Que Kṛpāmayī protège mon cou.
Que Vasudhā protège mes deux bras.
Que Kaivalyadāyini protège mes deux mains.
Que Kapardīhī protège mes épaules.
Que Trailokyatāriṇī protège mon dos.
Qu'Aparṇā protège mes deux côtés.
Que Kamaṭheśvari protège mes hanches.
Que Viśālākṣī protège mon ventre.

Que Prabhāvatī protège mon sexe.
Que Kalyāṇī protège mes cuisses.
Que Pārvatī protège mes pieds.
Que Jayadurgā protège mes souffles vitaux.
Que Sarvasiddhidātā protège toutes les parties de mon corps.
Quant aux parties qui ne sont ni mentionnées ni protégées, que l'éternelle Kālī Primordiale les protège.

À ce moment, nyāsa est introduit dans le rituel. Nyāsa est d'un grand secours pour créer une disposition favorable chez l'adepte qui aspire à ce que la nature divine imprègne son corps. Après la purification et la protection du corps physique, vient le bhūta-śuddhi, ou purification des éléments dont est composé le corps. Il commence par le mantra :

Oṃ bhūasṛingāṭaśirah suṣumṇāpathena jīva-śivaṃ paramaśivapade yojayāmi svāhā
oṃ yaṃ liṇgaśarīraṃ śoṣaya śoṣaya svāhā
oṃ raṃ saṇkocaśarīram daha daha svāhā
oṃ paramaśivasuṣumṇāpathena mūlaśṛṅgāṭakaṃ
oṃ hrīṃ durgārakṣaṇyai svāhā.

Dans ce mantra, connu sous le nom de paranyāsa, le sādhaka, l'être individuel, s'identifie à Śiva, l'Être universel. En consumant symboliquement toutes les impuretés de son corps physique, il devient entièrement lumineux et divin.

Transformation

Une fois qu'il a purifié les éléments de son propre corps, le sādhaka procède graduellement à la purification du corps de sa śakti par un rituel approprié connu sous le nom de Vijayā-sādhanā. C'est en passant par la déesse que l'on obtient la vision de la réalité. La femme qui devient la personnification de la déesse ouvre une porte conduisant à une profonde expérience transpersonnelle. Ce n'est que lorsqu'elle est perçue par des yeux divins que le sādhaka appréhende les qualités divines innées de la femme physique.

Le sādhaka trace ensuite le Vijayā-maṇḍala autour du pot de libations placé sur le sol. Il répand dessus des ingrédients rituels et cinq cuillerées de vin (kārana). Par les gestes des doigts du yonimudrā et de nyāsa, le sādhaka transforme symboliquement sa partenaire en corps radieux de Śakti, usant du mantra suivant, qui est aussi le mantra dhyāna ou mūla (racine) de la déesse Saṃvit, nommée également Bhairavī, un aspect de Śakti :

I

Aiṃ samvidā asya mantrasya
dakṣiṇāmūrti ṛṣisāndūlanḳritaṃchaṇdah sadāśiva devatā
saṃvit sānniuopane viniyogaḥ.

II

Oṃ siddhyadyaṃ saṃvitśrī śivabodhinīṃ karalasat
pāśāṅkuśāṃ bhairaviṃ
bhakṭābhiṣtavarapradam sukuśalāṃ
saṁsārabandhocchidāṃ
piyūsāmbudhimanthanodbhava rasaṃ sambitbilās-
āspadām vīrājārelta pādukāṃ
suvijayāṃ dhyāyet jagatmohinīṃ.

Pour créer une vibration appropriée autour de sa śakti, l'adepte récite ce mantra :

III

Oṃ saṃvide brahma-sambhūte brahmaputrī sadānaghe
bhairavānāñca tṛptyarthaṃ
pabitrobhava sarvadā
oṃ brahmāṇyaih namaḥ svāhā.

Pour assurer la protection de la śakti, l'adepte frappe trois fois dans ses mains, en prononçant le bīja *Phaṭ*, et en frappant simultanément le sol trois fois avec le talon gauche. Puis vient la sublimation des sens par l'invocation des dix Śaktis avec le mantra :

Sumitrā sunīti devī vijayā carcitā parā
amṛitā tulsī tejomayī sureśvarī
etāni daśanāmani kare kṛtvā paṭhedbudhah
duḥkha dāridryanāśyet paraṃ jñānam avāpṇuyāt.

Le sādhaka demande la bénédiction de la śakti, l'identifiant à Chidrūpa-Mahāśakti (Suprême Śakti), avec la prière suivante :

Yāścakrakramabhūmikā vasatayoḥ nāḍiṣu yā samisthitā
yā kāyadrumaromakūpanilayā yāḥ samsthitā adātuṣu
uchvāsormi marutlaringa nilyā niḥśvāsavāsāśca yāstā
devoh ripu bhkṣyabhakṣaṇa parā stṛipyantu kaulārcitā
yā divyakamapālika ksītigatā yā devatāstoyagā
yā nityaṃ prathitaḥ prabhaḥ śikhigatā yā mātariśvā sryāḥ
yā vyomāmṛita maṇḍatāmritamayā yāssarvagāḥ sarvadā
tā sarvāḥ kulamārga pālanaparāḥ śāntiṃ prayacchuntu me.

Cette prière est suivie par une salutation à sa propre śakti, à l'aide du mantra :

Oṃ saṃviddevī garīyasīm guṇanidhim
vaiguṇyavidhāyinīṃ
mahāmohamadāndhakāra śamanīm tāpatrayonmīlinīṃ
vande viramukhāmbujā vilāsinīṃ
sambodhinīm dīpikāṃ
brahmamayī vivekavijayā
vidyā mūrtaye namaḥ.

Présence symbolique du guru

À cette étape, le sādhaka invoque la présence symbolique du guru. Il place deux sièges sur le sol pour représenter le guru et sa śakti, et visualise mentalement ces derniers. Alors commence le culte rituel du guru avec divers ingrédients. À l'aide du pouce et de l'annulaire des deux mains, il offre du parfum en prononçant le mantra :

I
Laṃ prithvyātmakam gandham saśaktika-
śrī gurave samarpayāmi namaḥ.

Il offre des fleurs rouges en prononçant le mantra :

II
Haṃ ākāśātmakam puṣpān saśaktika-
śrī gurave samarpayāmi namaḥ.

De la même façon, il offre de l'encens, de la lumière et de la nourriture assortis du mantra :

III
Vaṃ vāyavyātmakaṃ dhūpāṃ saśaktika-
śrī gurave samarpayāmi namaḥ.

IV
Raṃ vanhyātmakam dīpam saśaktika-
śrī gurave samarpayāmi namaḥ.

V
Vaṃ amritātmakam naivedyam saśaktika-
śrī gurave samarpayāmi namaḥ.

VI
Aiṃ sam sarvātmakam tāmbulam saśaktika-
śrī gurave samarpayāmi namaḥ.

Joignant le médius, l'annulaire et le pouce de la main droite, et la plaçant au-dessus de sa tête, au niveau du Sahasrāra chakra, l'adepte fait une offrande mentale au guru :

Saśaktikaśrī guruṃ tarpayāmi svāhā
hrīṃ hrīṃ hrīṃ
saśaktikaśrī gurupādukām tarpayāmi svāhā
saśaktikaśrī paramaguruṃ parāparaguruṃ
parameṣṭhi guruṃ tarpayāmi svāhā
hrīṃ hrīṃ hrīṃ

(3 fois) *Saśaktika divyaugha sidhayuga*
mānavaugha gurupanktibhyāṃ
tarpayāmi svāhā
hauṃ hrūṃ hīṃ

(3 fois) *Saśaktika divyaugha sidhaugha mānavaugha*
garupanktīnām śrīpādukaṃ
tarpayāmi svāhā.

(douze fois : le Gāyatrī mantra du guru)

Oṃ aiṃ guru devāya vidmahe
caitanyarūpāya dhīmahi
tanno guru prachodayāt oṃ.

Le sādhaka visualise alors le guru sous la forme de sa propre ishṭa-devata (divinité tutélaire) en se concentrant sur l'image idéale du guru (guru-dhyānam) :

Sudhāsphatikasaṅkāśam virājitam
gandhānulepanaṃ nijaguruṃkārunyenāvalokitaṃ
vāmoruśaktisaṃyuktam śuklāmbarabhuṣitam
saśaktim daksahastena dhṛtām cārukalevarām
vāme dhṛtotpalañśca suraktiṃ suśobhanam
ānanda rasollāsa lochandvya pankajamdhyayet.

Il répète cinq fois le bīja mantra Hauṃ Hrīṃ aux pieds imaginés du guru. À ce moment, la puissance du guru et de sa śakti est projetée sur les adeptes, qui deviennent eux-mêmes guru et śakti. Les adeptes se visualisent sous les espèces de la réalité omniprésente, Śiva-Śakti, et, étant passés par le rituel de contrôle des sens au moyen des cérémonies d'invocation et de purification, ils se fondent dans l'immensité, vêtus d'espace.

Le sādhaka place alors devant lui deux bols à l'intention du guru et de sa śakti et y verse du vin :

Oṃ jaya jaya vijaya vijaya
parabrahma svarūpiṇī
sarvajanaṃ me vaśānaya
Hūṃ Phaṭ svāhā.

Il donne un bol de vin à sa propre śakti, qui le partage avec lui.

Le sādhaka imagine qu'il est assis au côté droit de son guru, et sa śakti du côté gauche. Ils s'embrassent et murmurent douze fois le mantra suivant :

Laṃ – Mūlādhāra
Vaṃ. – Svādishṭhāna
Raṃ – Maṇipūra
Yaṃ – Anāhata
Haṃ – Viśuddha.

Le sādhaka et sa śakti accomplissent alors le rite du divin nectar. Le sādhaka suce d'un seul souffle l'extrémité de chacun des deux seins de sa śakti pour éveiller en lui-même la sensation connue sous le nom de amṛta-pan (« prendre le nectar »). Ainsi s'achève le rituel du guru.

Culte de Śakti

Ce n'est pas un processus physiologique mais un procédé psychologique projectif qui transforme la perception ordinaire d'une femme par l'adepte en une perception d'un type spécial – Śakti. Le transfert de divinité n'est pas détaché du réel, mais à portée d'expérience. L'homme et la femme font partie d'un jeu auquel ils se conforment en parfaite lucidité. Leur interaction réalise un mouvement psychique et émotionnel complémentaire ; aucune place ici pour l'abstraction, mais seulement une constante référence à la condition humaine tangible. Aussi bien l'expérience de la transsubstantiation d'une femme en une déesse est-elle considérée comme une révélation très particulière de la réalité, qui ne peut être vue, sentie ou appréhendée que telle qu'elle est.

L'homme et la femme se rencontrent l'un l'autre l'un dans l'autre ; en cela, chacun se branche plus complètement sur son soi intérieur. L'activité continuelle consistant à « voir » l'un dans l'autre à travers les différents actes rituels culminant dans l'āsana sexo-yogique plonge le groupe dans un anonymat où l'acceptation d'un but commun dissout le sens personnel de l'ego. Le processus rituel de la projection imprègne les adeptes de divinité jusqu'à ce que l'un et l'autre, qui représentent des pôles dialectiques, réalisent la conscience existentielle de l'unité, semblable au symbole du cercle : « So'ham : Je suis Lui » ou « Sa'ham : Je suis Elle », car : « Il n'y a pas de différence entre Moi et Toi. »

Les techniques de sublimation sont fondées sur le contrôle de l'éjaculation, qui est réalisé à l'aide de la régulation de la respiration, ainsi que de certains āsanas tels que Padmāsana, Siddhāsana, Yoniāsana, Jānujugmāsana, Chakrāsana, Puhapakaāsana, Ratiāsana, Bahagāsana, et certains mudrās, parmi lesquels il faut mentionner Vajroli, Sahajoli, Yoni, Khecharī et Mahāmudrā.

L'énergie sexuelle est aussi contrôlée par le moyen du Hatha-yoga. Une pratique appropriée de ces mudrās, bandhas ou āsanas, prāṇāyama, etc., assure la rétention de l'énergie sexuelle dans les deux partenaires. Si, par aventure, l'orgasme survient les fluides peuvent être réintégrés dans le corps par le Vajrolimudrā. Il est également possible d'opérer une expansion et une contraction de la région pelvique au moyen de certains bandhas et āsanas, les plus efficaces étant l'Uddiyana-bandha, le Mūlabandha, et le Mahāvedha. Une maithuna authentique réalise la consommation d'un apprentissage long et difficile.

L'étape suivante du rituel consiste en son degré le plus haut, le culte de Śakti. L'adepte visualise l'essence de sa Śakti comme un yantra abstrait de la Devī – un bindu dans le triangle renversé sur Sahasrāra, le sommet de la tête. Il partage de la nourriture et d'autres objets rituels avec sa śakti et trace sur le sol, à droite de la femme, un triangle renversé contenant le bindu, et inscrit dans un cercle ; il honore le yantra, symbole abstrait de Śakti, avec une offrande de fleurs rouges, de préférence jabā (des hibiscus), et le mantra :

Oṃ māṇḍukyāya namaḥ
oṃ kālāgnirudrāya namaḥ
oṃ anantāya namaḥ
oṃ varāhāya namaḥ
oṃ prithvyai namaḥ
oṃ nālāya namaḥ
oṃ kesarāya namaḥ
oṃ padmāya namaḥ
oṃ karṇikāya namaḥ
oṃ maṇḍalāya namaḥ
oṃ dharmāya namaḥ
oṃ vairāgyāya namaḥ

oṃ aiśvaryāya namaḥ
oṃ jñanāya namaḥ
oṃ anaiśvaryāya namaḥ
oṃ avairāgyāya namaḥ
oṃ adharmāya namaḥ
oṃ jñānātmane namaḥ
oṃ kriyātmane namaḥ
oṃ paramātmane namaḥ.

Après avoir récité le mantra, le sādhaka place un bol à libations sur le yantra et répand du vin avec les fleurs rouges. Puis il honore sa śakti avec le mantra :

Oṃ aiṃ kandarpāya namaḥ
oṃ hriṃ kamarājāya namaḥ
oṃ klīṃ manmathāya namaḥ
oṃ blūṃ makardhvajāya namaḥ
oṃ strīm monobhavāya namaḥ.

Puis il prononce le mantra suivant sur les quatre côtés de sa śakti :

Oṃ baṭukāya namaḥ
oṃ bhairavāya namaḥ
oṃ durgāyai namaḥ
oṃ kṣetrapālāya namaḥ.

À l'aide de la pâte de vermillon, il dessine alors un triangle (la pointe vers le haut), avec un bindu en son centre, sur le front de sa śakti, et commence à révérer son corps, en descendant à partir de l'Ājñā chakra, à l'aide du mantra suivant, dans lequel il l'identifie aux trois aspects de Devī comme Durgā, Lakshmī et Sarasvatī :

Oṃ hsauh sadāśiva mahāpreto padmāsanāya namaḥ
oṃ aiṃ klīṃ strīṃ blūṃ ādhāraśaktiśrī padukāṃ pūjayāmi namaḥ

oṃ Durgāyai namaḥ
oṃ Lakṣmyai namaḥ
oṃ Sarasvatyai namaḥ.

Finalement, il honore Ganeśa, qui dispense la réalisation.

Culte du corps

Cette étape du rituel implique une expérience sensorielle et esthétique qui prend en compte la relation physique permanente existant entre l'homme et la femme. Quelque transitoire qu'en puisse être la nature, la communion physique est une réalisation limitée de l'absolument réel. Le sādhaka révère la chevelure et le visage de sa śakti comme représentant l'essence du soleil et de la lune, et alors commence le rituel complexe de Kāma-kalā, consistant à toucher toutes les parties de son corps, du gros orteil droit au sommet de la tête, en récitant les mantras :

Oṃ aṃ śraddhayai namaḥ

oṃ āṃ kīrtyai namaḥ

oṃ iṃ rataye namaḥ

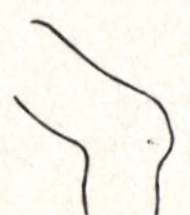

oṃ īṃ bhūtayae namaḥ

oṃ uṃ kāntaye namaḥ

oṃ ūṃ monobhāvaya namaḥ

oṃ ṛṃ monoharaye namaḥ

oṃ ṝṃ monoharinyai namaḥ

oṃ lṃ madanaye namaḥ

oṃ lṃ utpādinyai namaḥ

oṃ eṃ mohinyai namaḥ

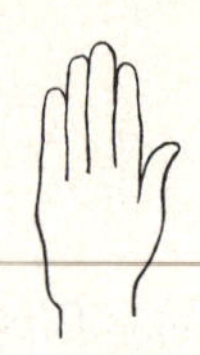

oṃ aiṃ dīpinyai namaḥ

oṃ oṃ sodhanyai namaḥ

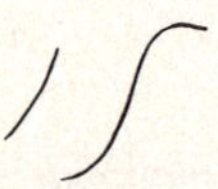

oṃ auṇ vasaṅkaraye namaḥ

oṃ aṃ rājanyai namaḥ

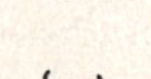

oṃ aḥ priyadarśanaye namaḥ.

Puis, allant du sommet de la tête au gros orteil gauche, le sādhaka touche à nouveau le corps de sa śakti, accompagnant ses gestes des mantras suivants :

Oṃ aṃ puśaye namaḥ
oṃ āṃ basaye namaḥ
oṃ iṃ samanaye namaḥ
oṃ īṃ rataye namaḥ
oṃ uṃ pritaye namaḥ
oṃ ūṃ dhritaye namaḥ
oṃ ṛṃ sudhaye namaḥ
oṃ ṝṃ somaye namaḥ
oṃ ḷṃ marichaye namaḥ
oṃ ḹṃ aṃśumālinai namaḥ
oṃ aiṃ angiraye namaḥ
oṃ aiṃ vasinyai namaḥ
oṃ auṃ chāyaye namaḥ
oṃ auṃ sampurnamaṇḍalaye namaḥ
oṃ aṃ tuṣṭaye namaḥ
oṃ aḥ amṛtaye namaḥ.

Culte du yoni

Le sādhaka célèbre alors le culte du yoni de sa śakti ; il offre de l'eau, des fleurs et kāraṇa (du vin), en prononçant le mantra suivant :

Oṃ aiṃ candrāya namaḥ (eau)
oṃ aiṃ sauryāya namaḥ (fleurs)
oṃ aiṃ agnaye namaḥ (vin).

Il dépose alors sur le yoni, en offrande, de la pâte de santal rouge et des fleurs, accompagnées du mantra :

Hrīṃ strīṃ hūṃ namaḥ
oṃ bhagamālinyai namaḥ
oṃ aiṃ hrīṃ aīṃ yaṃ blūṃ
klinne sarvāni bhagāni vaśamanaya me
oṃ strīṃ hrīṃ klīṃ blūṃ bhagamālinyai namaḥ
aiṃ hrīṃ srīṃ saśaktika namaḥ.

Ce mantra est récité en l'honneur de Bhagamālinī, la troisième des trois divinités étroitement associées de la Devī Tripurāsundarī. Ce sont les trois déesses majeures parmi les quinze nityakalās. Dans le trikona-yantra (yantra triangulaire) du Sahasrāra, Devī Tripurāsundarī est entourée des déesses Kameśvarī, Vajreśvarī et Bhagamālinī. Le nom de Bhagamālinī est porteur d'une suggestion érotique, à cause du jeu de mots sur bhaga, qui signifie à la fois organe féminin et puissance divine, aussi est-il souvent cité au cours du rituel.

Puis le sādhaka rend un culte à sa propre ishṭa-devatā, ou divinité tutélaire (la déesse Kālī), avec le mantra suivant :

Oṃ krīṃ pādyaṃ samarpayāmi namaḥ (pieds)
oṃ krīṃ arghyam samarpayāmi namaḥ (en offrant de l'eau)
oṃ krīṃ ācamaniyam samarpayāmi namaḥ (en buvant)
oṃ krīṃ snānīyam samarpayāmi namaḥ (bain)
oṃ krīṃ gandham samarpayāmi namaḥ (parfum)
oṃ krīṃ puspam bilvañca samarpayāmi namaḥ (fleurs et feuilles de *bilva*)
oṃ krīṃ naivedyaṃ samarpayāmi namaḥ (nourriture)
oṃ krīṃ pānayaṃ samarpayāmi namaḥ (eau)
oṃ krīṃ tāmbulaṃ samarpayāmi namaḥ (feuilles de bétel)
oṃ krīṃ dakṣhiṇāṃ samarpayāmi namaḥ (dîme sacrificielle).

Śakti comme déesse

Touchant les pieds de sa śakti, transformée en déesse, le sādhaka récite les hymnes à la Devī maintenant assimilée à Kālī :

> *Oṃ yā devī sarvabhūtesu śaktirūpena saṁsthitā*
> *namastasyai namastasyai namastasyai namo namaḥ.*

Et il récite :

Cette Puissance définie comme Conscience dans tous les êtres,
révérence à Elle, révérence à Elle, révérence à Elle,
révérence, révérence.
Cette Puissance connue comme Raison dans tous les êtres,
révérence à Elle, révérence à Elle, révérence à Elle,
révérence, révérence.
Cette Puissance qui existe dans tous les êtres comme Faim,
révérence à Elle, révérence à Elle, révérence à Elle,
révérence, révérence.
Cette Puissance qui existe dans tous les êtres comme Ombre,
révérence à Elle, révérence à Elle, révérence à Elle,
révérence, révérence.
Cette Puissance qui existe dans tous les êtres comme Énergie,
révérence à Elle, révérence à Elle, révérence à Elle,
révérence, révérence.
Cette Puissance qui existe dans tous les êtres sous la forme de la Soif,
révérence à Elle, révérence à Elle, révérence à Elle,
révérence, révérence.
Cette Puissance qui existe dans tous les êtres comme Pardon,
révérence à Elle, révérence à Elle, révérence à Elle,
révérence, révérence.
Cette Puissance qui existe dans tous les êtres sous la forme de l'Espèce,
révérence à Elle, révérence à Elle, révérence à Elle,
révérence, révérence.
Cette Puissance qui existe dans tous les êtres comme Pudeur,

révérence à Elle, révérence à Elle, révérence à Elle,
révérence, révérence.
Cette Puissance qui existe dans tous les êtres comme Paix,
révérence à Elle, révérence à Elle, révérence à Elle,
révérence, révérence.
Cette Puissance qui existe dans tous les êtres sous la forme de la Foi,
révérence à Elle, révérence à Elle, révérence à Elle,
révérence, révérence.
Cette Puissance qui existe dans tous les êtres comme aimable Beauté,
révérence à Elle, révérence à Elle, révérence à Elle,
révérence, révérence.
Cette Puissance qui existe dans tous les êtres comme Fortune,
révérence à Elle, révérence à Elle, révérence à Elle,
révérence, révérence.
Cette Puissance qui existe dans tous les êtres comme Vocation,
révérence à Elle, révérence à Elle, révérence à Elle,
révérence, révérence.
Cette Puissance qui existe dans tous les êtres sous la forme de la Mémoire,
révérence à Elle, révérence à Elle, révérence à Elle,
révérence, révérence.
Cette Puissance qui existe dans tous les êtres comme Compassion,
révérence à Elle, révérence à Elle, révérence à Elle,
révérence, révérence.
Cette Puissance qui existe dans tous les êtres comme Accomplissement,
révérence à Elle, révérence à Elle, révérence à Elle,
révérence, révérence.
Cette Puissance qui existe dans tous les êtres comme Mère,
révérence à Elle, révérence à Elle, révérence à Elle,
révérence, révérence.
Cette Puissance qui existe dans tous les êtres sous la forme de l'Illusion,
révérence à Elle, révérence à Elle, révérence à Elle,
révérence, révérence.

(*Chaṇḍī*, V, 16-80.)

Après cette récitation, le culte intérieur rendu à la śakti par le sādhaka commence par la visualisation d'un cercle flottant de rayons lumineux comme reflétés par la neige, mêlés de rouge ; puis apparaît Śakti assise en padmāsana avec Śiva. Dans un dernier acte d'abandon, le sādhaka éteint mentalement les aspects de lui-même tels que : sens de l'ego, orgueil, avidité, illusion, et désir, qui sont autant d'obstacles sur sa voie, en offrant différentes espèces de fleurs, chacune représentant symboliquement l'un de ces aspects.

Culte du liṅga

C'est alors que le liṅga est honoré par la récitation, dix fois de suite, du mantra suivant :

Oṃ auṃ īsānāya namaḥ
oṃ auṃ aghorāya namaḥ
oṃ auṃ vāmadevāya namaḥ
oṃ auṃ sadyojātāya namaḥ
oṃ auṃ tatpuruṣāya namaḥ
oṃ nivṛṭhyai namaḥ
oṃ pratisthayāi namaḥ
oṃ vidyāyai namaḥ
oṃ śāntātītāyai namaḥ
oṃ ayuteśvarāya namaḥ
oṃ kubjāyai namaḥ
oṃ kāmakalāyai namaḥ
oṃ samayāyai namaḥ
oṃ cakreśvaryai namaḥ
oṃ kālikāyai namaḥ
oṃ dikkālavāsīnyai namaḥ
oṃ mahācakresvrayai namaḥ
oṃ tārāyai namaḥ.

Accomplissement et union

L'adepte pratique alors un rapport sexuel psychique. Dissolvant toutes les actions des organes des sens dans le feu du yoni de Śakti, accordant le souffle vital de façon à lui faire pénétrer la Sushumṇā, il récite cinq cents fois le mantra Hrīm, en touchant de la main droite les seins de la Śakti, puis encore cent huit fois Hrīm en touchant le yoni.

Śakti place ses mains sur la tête du sādhaka et récite trois fois :

> « *Uttisthata :* Lève-toi !
> *Jāgrata :* Réveille-toi !
> *Virobhava :* Sois fort !
> *Nityamukta svabhāvānubhava :*
> Réalisation du soi originel, éternel et libre !

Maintenant je te commande de t'immerger en moi. Je suis ton guru, réjouis-toi maintenant à l'intérieur de moi dans une félicité totale. Je suis ta Śakti et tu es mien. Selon le mandement de mon Kaula Avdhūt, en tant que viśva-yoni (yoni universel), je te demande de planter dans mon champ ton liṅga cosmique. Mon Sat-guru est ici pour te protéger des désirs négatifs.

Pense qu'en ce moment tu n'es pas mon époux, mais Śiva sous la forme de mon Sat-guru, et que je ne suis autre que Śakti.

Puisse mon essence divine te bénir et te conduire au bonheur de la joie éternelle ! »

Dès lors, d'adepte, le sādhaka est transformé en *Bhairava*, et, en tant que Śiva, il honore sa Śakti avec neuf fleurs symboliques : 1 saisir, 2 embrasser, 3 baiser, 4 toucher, 5 visualiser, 6 voir, 7 sucer, 8 pénétrer, 9 méditer, en murmurant trois fois le mantra : « Śivo'ham, Je suis Śiva ».

Si Śakti le désire, elle peut jouer le rôle opposé, connu sous le nom de Viparit-ratī, c'est-à-dire le rôle du sādhaka. Dans ce cas, pour opérer l'union, elle s'assied sur le sādhaka, allongé complètement immobile comme un cadavre (Śavāsana). Śakti incarne alors le masculin et le guru, elle anime à son tour le jeu cosmique et opère la transfusion de l'énergie rituelle. Après un séjour prolongé dans l'une ou/et l'autre position, les deux partenaires achèvent le rituel avec le mantra AIṂ KLĪṂ HRĪṂ SRĪṂ et récitent, finalement, aussi longtemps que possible : HAUM HRĪM.

Dans les premiers temps de la sādhanā, si les novices ne peuvent prolonger l'union, il leur est loisible de changer de posture d'āsana, et, par exemple, de se détendre de Padmāsana avec Jānjugmāsana ou Śāvāsana. La période de rétention de l'énergie peut également être accrue. Il arrive que l'on ingère des préparations à base de plantes, bétel ou *cannabis indica*, par exemple.

Pendant l'union sexuelle, la conscience des adeptes s'abstrait de l'environnement physique, dès lors qu'ils s'identifient complètement l'un à l'autre. Après une pratique prolongée, l'énergie sexuelle retenue est sublimée de façon à libérer le flux psychique. Cette expérience de bi-unité est nommée samarasa dans les textes tantriques, et considérée comme une forme de samādhi.

Āsana, rituel collectif de l'union

Le rituel de l'union est également pratiqué collectivement. Le rite, connu sous le nom de pañcha-makāra ou cinq M, est pratiqué aussi bien par les vāmāchāris, ou tantrikas de la main droite, que par les dakshiṇācharis, ou tantrikas de la main gauche. Pratiqué en cercle, il est connu sous le nom de chakra-pūjā. Dans tous les cas, c'est une expérience de groupe, intense et programmée. Il importe que les participants ne soient ni trop peu ni trop nombreux ; généralement huit hommes et huit femmes forment le chakra, ou cercle.

Le guru soumet les participants à l'épreuve d'une période probatoire sévère, généralement d'une année, avant de les admettre à l'initiation de groupe. Outre la condition physique, les dispositions mentales du postulant s'avèrent d'une importance déterminante. Le *Kulārnava Tantra* énumère huit causes d'empêchement : haine, doute, peur, honte, médisance, conformisme, arrogance et conscience de caste. Aussi longtemps que prévalent ces tendances, le postulant n'est pas prêt à pratiquer le rituel.

L'objectif de la chakra-pūjā est l'expansion de la conscience au moyen des cinq catégories qui sont les objets du désir humain, d'où l'usage de ces *tattavas*, les cinq M : *madya* (le vin), *māṁsa* (la viande), *matsya* (le poisson), *mudrā* (les céréales grillées) et *maithuna* (l'union sexuelle). Traditionnellement considérés comme des obstacles, ces moyens sont accueillis dans le rituel par les tantrikas de la main gauche comme autant de degrés sur l'échelle de la perfection. Les tantrikas soulignent que le principe directeur de ce rituel ne consiste pas à s'abstraire des sens mais à en acquérir la maîtrise à travers l'expérience : « La perfection peut être atteinte facilement en satisfaisant tous les désirs » *(Guhya-Samaj Tantra)*, proposition dont Aldous Huxley se fait l'écho dans sa lettre à Timothy Leary :

« Le tantra enseigne un yoga du sexe, un yoga de l'alimentation (y compris au moyen de nourritures et de boissons interdites). La sacramentalisation de la vie commune, dont chaque élément peut devenir un facteur d'éveil, est essentiellement réalisée par l'exercice de l'attention constante. Tel est l'ultime yoga – être conscient, même de l'inconscient à tous les niveaux, du physiologique au spirituel[1]. »

Outre leur signification littérale, les cinq ingrédients rituels commençant par la lettre M rappellent des processus yogiques. S'ils se résument à des projections mentales, le rituel devient une pratique de la main droite, ou Dakshināchāra. Ainsi le vin devient-il le symbole de la connaissance enivrante, la viande évoque le contrôle de la parole (du mot *ma*, signifiant langue), le poisson représente les deux courants vitaux circulant dans les conduits subtils īḍā et piṅgalā de chaque côté du conduit central sushumṇā, les céréales grillées symbolisent l'état yogique de concentration, et l'union sexuelle la méditation sur l'acte primordial de la création. Les pratiquants de la main droite, qui suivent une sādhanā rajasique, utilisent des substituts matériels aux cinq M. Le jus de noix de coco remplace le vin, le gingembre, le radis ou la pāniphala (fruit d'une plante d'eau) remplacent la viande, le riz, ou une autre céréale, prend la place du poisson, et deux types de fleurs représentent maithuna, karavī, qui ressemble au liṅga, et aparājitā, qui évoque le yoni. Certains de ces rites furent mis en place par le maître tantrika Vasishṭha, qui apporta en Inde nombre de pratiques antinomiques provenant de Mahāchina (« la Grande Chine », c'est-à-dire, également, le Tibet) connues sous le nom de chināchāra.

Le lieu où va se dérouler le pañcha-makāra doit dégager un arôme agréable, de l'encens doit s'y consumer, et l'atmosphère doit en être sereine. L'heure la plus propice au rituel est minuit. L'accomplissement proprement dit devrait prendre place à 3 h 54 du matin et durer 1 h 36 – heure et durée ont un caractère auspicieux. L'éclairage, également, est un point important : les lampes à l'huile de castor, qui produit une lumière violette, sont considérées comme le stimulant idéal.

1. Lettre d'Aldous Huxley à Timothy Leary, 11 février 1962.

Le pañcha-makāra commence avec l'initiation des participants par le guru ou chakreśvara, le maître du cercle, qui demeure le centre directeur du groupe tout au long du rite. Les adeptes saluent le guru et le cercle en joignant les mains ; chacun s'assied avec sa śakti à sa gauche, tandis que le guru s'assied au centre du chakra. Ensuite l'ensemble du rituel se déploie comme l'āsana individuel, avec les mêmes mantras, nyāsas, prāṇāyama, purification, identification, concentration, etc. Lorsque la femme ordinaire est transformée en Śakti, le sādhaka, qui la voit alors comme une incarnation de la déesse Devī, récite : Oṃ srīṃ bale bale tripurāsundarī yonirūpe mama sarvasiddhing dehi yonimukting kuru kuru svāhā.

Après la consécration du vin contenu dans la śri-patra, la viande cuite, le poisson et les céréales sont généralement placés sur un plat d'argent, et la coupe de vin est tenue entre le pouce et le médius de la main gauche par la śakti du guru. Celle-ci boit et passe la coupe aux adeptes. Tous les participants boivent du vin, chacun à son tour, tenant la coupe de la même façon. La viande est consommée en même temps que la première coupe de vin, le poisson avec la seconde, et les céréales avec la troisième. Une fois les quatre premiers M consommés, prend place le cinquième, maithuna.

À toutes les étapes du rituel de l'union, l'accent est mis sur la réalisation de la connaissance et de l'unité au moyen de la rencontre personnelle. Dans le face-à-face où l'homme et la femme agissent et s'éveillent ensemble à une relation complexe impliquant le corps, les sens et l'esprit, l'union se réalise. Le sexe consume l'ego. Toutefois, comme toute activité humaine, la sexualité est ambiguë. Elle peut mener l'individu au bord de la réalisation intérieure ou à sa ruine. Dans la mesure où les adeptes s'intègrent harmonieusement à la totalité avec la conscience intense de leurs affinités spirituelles, ils peuvent parvenir à une très profonde expérience. Si, en revanche, des différences les séparent, et s'ils se prêtent à des jeux d'ego, ils ne feront que perpétuer une situation contraire à la libération. Pour cette raison, des tantras comme le *Kulārnava* précisent que les gens qui se livreraient au rituel pour des raisons seulement érotiques, sans tenir compte des fins spirituelles, ne feraient que s'abuser. Ce rituel est devenu suspect du fait d'interprétations grossièrement erronées des textes originels ; la responsabilité n'en incombe pas aux tantras, mais aux hommes.

Confrontation

Les faits contredisent l'idée selon laquelle la vie spirituelle suivrait paisiblement un cours ininterrompu. Des moments orageux d'angoisse et de tension panique sont ménagés dans les rituels pour acculer l'adepte à abandonner le manège illusoire des jeux de l'ego et à accepter les tensions contradictoires de sa propre structure personnelle. Un épisode de la vie du Bouddha illustre cette nécessité : dans sa quête de l'éveil, il eut à affronter les menaces épouvantables de Māra et de sa cohorte de démons malfaisants. Les tantrikas avancés pratiquent dans les champs de crémation un āsana connu sous le nom de śavāsana. Un tel lieu souligne la réalité de l'impermanence, et le cœur de l'aspirant devient lui-même un champ de crémation – orgueil et vanité, statut et rôle sociaux, nom et réputation, tout cela est réduit en cendres. La pratique de la méditation sur certains types de cadavres, à minuit, est considérée comme le meilleur moyen pour les adeptes de surmonter les peurs et les tentations qui peuvent les assaillir. Il faut du courage pour ne pas s'abstraire de visions aussi bouleversantes qui n'entrent pas directement dans notre champ d'attention quotidien. La confrontation avec les aspects violents et destructeurs de la vie produit sur l'adepte un effet de choc variable, suivant la force de sa conviction, avant que la sérénité l'envahisse. Il n'est pas pour autant nécessaire que tous les sādhakas se rendent en de tels lieux de terreur ; on peut parvenir au même résultat par l'introspection. Sans doute est-ce à cause de leur étroite association avec des situations mystérieuses ou terrifiantes, et des atmosphères chargées de pouvoirs épouvantables pour le novice, que les lieux de crémation et l'heure de minuit ont été considérés comme d'excellents alliés en vue d'une expansion de la conscience. Une autre pratique occulte de la méditation nécessite cinq ou neuf squelettes humains, et porte le nom de pañcha-muṇḍi ou nava-mundi āsana. L'adepte s'assied en padmāsana (posture du lotus) sur les ossements humains et purge sa conscience de toute terreur.

De telles confrontations sont une source de renouveau, elles donnent à l'adepte l'énergie de produire une vision constructive de la situation. Elles contribuent à oblitérer les distinctions entre attirance et répulsion, elles soulignent que les extrêmes, les contradictions individuelles, conscientes ou inconscientes, comme les aspects manifestement positifs et négatifs de l'existence, forment une indissociable unité.

Selon Jung, une expérience traumatisante peut être susceptible d'aider l'individu à envisager l'aspect obscur, la « face noire » de sa structure personnelle, et ainsi favoriser une intégration totale de la psyché. Une telle conception ne diffère essentiellement en rien du mouvement qui porte le tantrika vers ces rituels terrifiants. Dans *La Quête symbolique*, Edward C. Whitmont expose la notion jungienne de rencontre avec l'« ombre » :

« La confrontation de chacun de nous avec son propre mal peut être une expérience semblable à la mort. Comme la mort, une telle rencontre outrepasse la signification personnelle de l'existence (...). L'ombre représente la première étape sur la voie de la rencontre avec le Soi. En fait, il n'est point d'autre accès que l'ombre au sentier de l'inconscient, vers notre réalité propre. Il nous faut rencontrer cette partie de nous-mêmes que nous n'avons pas vue ou pas voulu voir, si nous voulons pouvoir en examiner l'assise et les fondements. Aussi bien aucun progrès en analyse n'est-il possible tant que l'ombre n'a pas été correctement rencontrée. Et la rencontre n'est pas le ouï-dire. Il faut avoir été vraiment choqué de se voir tel que l'on est réellement – et non tel que l'on souhaite ou croit être –, pour pouvoir faire le premier pas vers la réalisation individuelle[1]. »

Dans le symbolisme des tantras, les dix aspects ou énergies de la Śakti primordiale exercent une fonction transformatrice similaire. Ce sont les *Mahāvidyās*, degrés ou étapes de l'existence :

1. Kālī, la puissance du temps ;
2. Tara, la puissance de recréation ;
3. Soḍaśī, l'incarnation des seize formes du désir ;
4. Bhuvaneśvarī, les forces substantielles du monde matériel ;
5. Bhairavī, multipliée en une infinité de formes et d'êtres ;
6. Chinnamastā, distributrice de l'énergie vitale dans le cosmos ;
7. Dhumābatī, associée aux désirs insatisfaits ;
8. Bagalā, destructrice des forces négatives ;
9. Mātaṇgī, le pouvoir de dominer ;
10. Kamalā, l'état de l'unité reconstituée.

« Ces transformations de Śakti, écrit Philip Rawson, peuvent être révérées séparément, en série, ou même combinées dans des images symboliques. Chacune d'entre elles représente un visage de Kālī, inévitablement partie du tout. Sans l'expérience radicale de la désintégration, la quête de l'intégration ne signifie rien[2]. »

1. Whitmont, *The Symbolic Quest*, p. 164-165.
2. Rawson, *op. cit.*, p. 133-134.

Les étapes de la croissance psychique

Le voyage de l'ego de son état initial, tout en potentialités, jusqu'à la réalisation de soi, est un processus lent et graduel qui commence dès l'aube de la vie spirituelle. L'objectif ultime de l'être humain qui s'engage dans la voie du tantra est la libération, ou l'éveil, par l'expérience de l'extase : devenir un être total en prenant conscience de son propre pouvoir psychique. Le voyage psychique peut être vu sous deux aspects successifs : la préparation et l'incubation faisant place à la réalisation.

La psyché, noyau condensé d'énergie en expansion, commence par prendre conscience de sa puissance infinie, et accepte concurremment le système de croyances, en l'occurrence le tantra, au sein duquel elle va se réaliser. Puis vient la recherche d'un instructeur spirituel qui puisse jouer le rôle d'un guide et indiquer les signaux sur le chemin. Lorsque commence la sādhanā, sous l'autorité d'un guru, diverses techniques sont adoptées. En suivant une discipline physique et mentale continue, ininterrompue, le tantrika permet aux méthodes d'imprégner son existence et ses actions. Il absorbe les techniques par un processus analogue à l'incubation, jusqu'au jour où leur pratique et observance quotidiennes lui sont devenues aussi naturelles que la respiration.

Le développement psychique s'obtient principalement par une condensation du champ de l'attention, une concentration et un rassemblement des énergies, au moyen de diverses techniques accordées au tempérament et aux dispositions de l'individu. Les techniques prescrites peuvent inclure la répétition de mantras, l'utilisation de yantras, mudrās, nyāsas, prāṇāyama, pūjā et la méditation quotidiennes. La pratique quotidienne développe la puissance de concentration du sādhaka, bien que dans les premiers temps la conscience demeure bien en deçà de ses possibilités d'expansion. Une fois qu'un équilibre est trouvé entre les aides extérieures et les rythmes intérieurs du sādhaka, l'étape suivante de la sādhanā, qui survient immédiatement, comme une conséquence du culte extérieur, consiste en un contrôle de la conscience, au moyen d'une totale désintégration de l'ego. Cette étape est la rencontre de l'ombre, l'affrontement des pulsions inconscientes, elle conduit à la perception de l'unité du continuum créateur/destructeur formé par la manifestation des énergies opposées. Arrivé à ce stade, ou bien l'on poursuit le chemin vers la libération intégrale, ou bien l'on retourne aux conditions matérielles. De nombreuses personnes, qui supportent mal le travail ardu de la discipline, peuvent même abandonner la quête. L'étape suivante est la réintégration, annonciatrice d'une nouvelle naissance – l'aube de la réalisation va lentement poindre.

L'avant-dernière étape peut être nommée réalisation de soi. L'adepte commence à comprendre que la conscience est inséparable des autres aspects de l'expérience : il fait partie de la totalité dont il est un centre. C'est l'état équanimiste de samayana, la vacuité sereine, accompagnée par une cessation des fonctions cognitives et volitives. Le sādhaka est centré, équilibré, toujours à son aise – et aucune entreprise n'est de nature à le rebuter.

Sur la voie de la réalisation de soi, l'individu peut également rencontrer certains pouvoirs surnaturels, ou siddhis, tels le dédoublement ou la lévitation. La vie de célèbres saints tantriques Nātha abonde en descriptions de leurs pouvoirs occultes suprahumains. En tout état de cause, on considère que les siddhis procèdent d'une dimension inférieure de la conscience. Ramakrishna avait coutume de mettre en garde ses disciples contre l'obtention des siddhis : « S'il faut vingt ans d'ascétisme pour apprendre à marcher sur l'eau, mieux vaut payer le passeur et ne pas perdre son temps. »

Les symptômes physiologiques de la réalisation de soi

sont perceptibles aux adeptes du Kuṇḍalinī-yoga. L'ascension de la Kuṇḍalinī à travers les chakras se manifeste par l'accès à certains niveaux de conscience. Dans l'étape préliminaire, le corps est agité de tremblements et le yogi peut ressentir l'explosion de chaleur psychique passer comme un courant le long de la Sushumṇā. Ramakrishna décrit l'expérience qu'il avait de ce phénomène vibratoire et ondulatoire en termes de « saut », « poussée », « mouvement », « zigzag ». Si la Kuṇḍalinī poursuit son ascension, d'autres signes d'éveil commencent à apparaître. Les yogis décrivent un certain nombre d'expériences auditives internes, où les sons entendus ressemblent au fracas d'une cascade, au bourdonnement des abeilles, au tintement d'une cloche, au souffle d'une flûte, à des ornements tintinnabulants, etc. De telles expériences peuvent provoquer un étourdissement passager ou un afflux de salive, mais l'adepte doit continuer jusqu'à ce qu'il entende le son interne non frappé, l'absence subtile de vibration ou nāda, le silence intérieur. En même temps peuvent se produire de nombreuses réactions visuelles. Yeux fermés, le yogi visualise toutes sortes de formes telles que taches lumineuses, flammes, formes géométriques, jusqu'à ce que, dans l'ultime état d'éveil, tout se dissolve en l'irradiation interne d'une pure lumière à l'éclat intense.

La perception éveillée diffère de la perception ordinaire. La personne éveillée appréhende directement la réalité à travers la perception de l'harmonie inhérente à l'unité de toutes choses. D'autre part, le passage d'un plan de conscience à un autre altère la linéarité de l'expérience temporelle – qui se présente sous la forme d'un flux constant d'événements, organisés dans la séquence passé-présent-futur. En effet, le yogi connaît une expérience qui transcende le temps, et où tous les événements existent simultanément au cœur d'un présent infini.

L'ascension psychique culmine dans la fusion unitaire

ou éveil suprême. À l'issue d'un long trajet serpentin, la psyché pénètre dans un monde nouveau. Ayant rejeté toutes les illusions, l'adepte réalise l'intégration totale de son être. L'ambiguïté est bannie de son existence. Ayant lentement dissous tous les éléments grossiers de sa personnalité, il se dispose à l'ultime abandon avec une constance subtile et s'unit à l'objet de son culte. Cette étape se caractérise par une réalisation expérimentale de ce que la tradition indienne, y compris le tantra, nomme Sat (Être), Chit (Conscience), Ānanda (Joie), la triade substantielle de Śiva-Śakti en union. D'un point de vue profane, ces trois notions peuvent apparaître comme des substances séparées. Mais, dans la condition éveillée de la personne réalisée, elles forment une trinité authentique au sein de laquelle chacune participe de la seule et même expérience. La perception ordinaire distingue le sujet et l'objet du plaisir. Le tableau n'est pas le peintre. L'éveil abolit de telles distinctions : le peintre devient le tableau et vice versa. Le sādhaka devient véritablement l'essence de la joie de l'union, Sat-Chit-Ānanda.

L'être humain qui a connu une telle transformation n'a plus de désirs. Les aides extérieures deviennent des symboles énergétiques, des liaisons à l'intérieur de la totalité. En définitive, nous portons tous en nous les moyens nous permettant d'atteindre le but ultime : « Quel besoin ai-je d'une femme extérieure ? La femme est en moi. » Lorsqu'elle se déploie, la Kuṇḍalinī (la « femme intérieure ») brille comme des millions d'éclairs dans le corps du sādhaka. Comprenant qu'il irradie la lumière qu'il reçoit de l'univers, il appréhende la totalité du monde objectif comme une création de son propre esprit. Au-delà des mantras et des mudrās, du prāṇāyama et du culte rendu aux divinités, il contemple le cosmos en lui-même.

Le poète Tamil tantrika Pattinattar exprime ainsi la joie de la réalisation :

L'octuple yoga,
les six régions du corps,
les cinq états,
tout cela s'en est allé.
Il ne reste rien.
Vide,
ouvert,
je reste,
stupéfait.
Il n'y a que la pleine lune, rousse,
et une fontaine de lait blanc,
pour mes délices.
La Joie inatteignable
m'a précipité
dans un abîme
de lumière[1].

L'origine et la destination se fondent en un simple point focal : UNION. Le connaissant et le connu deviennent UN.

1. Kamil V. Zvelebil, *The Poets of the Powers*, p. 101-102.

Glossaire

adhikāra : capacité d'un adepte à pratiquer la discipline spirituelle.
Ādyā Śakti : Énergie primordiale.
Āgamas : Écritures sacrées tantriques.
ajapa mantra : répétition involontaire d'une formule sacrée.
Ājñā chakra : « commande », centre situé entre les sourcils dans le corps subtil.
ākaśa : généralement, l'éther, un type de matière plus subtil que l'air.
Anāhata chakra : « non frappé », le centre du cœur dans le corps subtil.
anahāta sabda : son non frappé.
Ānanda : essence de la joie, principe de la félicité, extase spirituelle.
aṇimā : pouvoir yogique de prendre la taille d'un atome.
añjali : mudrā consistant à élever les deux mains et à les mettre paume contre paume.
ap : l'élément matériel eau.
apāna : l'une des énergies descendantes, contrôle le souffle vital dans la région abdominale.
Ardhanāriśvara : la forme androgyne de Śiva.
āsana : position stable, posture yogique, condition équilibrée.
āśrama : ermitage ou lieu de séjour consacré aux exercices spirituels.
aum : les trois sons qui composent le mantra-racine Oṃ.
avadhūta : renonçant.
avatāra : incarnation divine.
Āyurveda : système médical de l'Inde ancienne, fondé sur les Vedas.

bahagāsana : « posture de la vulve », posture sexo-yogique secrète, par laquelle l'organe masculin est « verrouillé », en érection prolongée, à l'intérieur du yoni d'une partenaire féminine, tandis que certains actes ésotériques sont accomplis.
bandha : flexion musculaire, pratique yogique par laquelle certains organes du corps sont « verrouillés ».
Bhairava : aspect destructeur de Śiva.
bhāva : émotion ; état esthétique ou sensation qui vivifie les sens, véhicule de rasa.
bhoga : jouissance.

bhūta : l'une des cinq conditions élémentaires de la matière.
bhūtādi : la forme rudimentaire de la matière, vide de toute substance physique.
bīja mantra : formule sonore-germe, correspondant à une potentialité psychique particulière. Selon les textes tantriques, l'univers s'est déployé à partir des cinquante bīja mantras originels, qui correspondent aux cinquante lettres de l'alphabet sanscrit.
bindu : point ; symbole sacré de l'univers sous sa forme non manifestée, également identifié au sperme dans le tantra.
Brahmā : la première divinité de la trinité indienne, le créateur.
Brahman : la Réalité absolue, la conscience pure ou transcendantale.
brahmarandhra : sommet de la tête.
buddhi : le principe intelligent, la connaissance de l'unité cosmique.

chaitanya : pure conscience.
chakra : littéralement « roue » ou « cercle » ; techniquement, les centres psychiques d'énergie situés le long de Sushumṇā dans le corps subtil de l'être humain, nommé aussi padma (lotus).
chakrāsana : posture sexo-yogique circulaire.
chakreśvara : celui qui conduit la chakra-pūjā, le rituel collectif de l'union.
Chinnamastā : l'un des Mahāvidyās, Devī sous son aspect destructeur, signifiant la dissolution apparente et le retour à l'origine.
Chit : l'Absolu, la pure conscience attribuée à la connaissance de la réalité une.
chittākāsa : l'espace intérieur psycho-physique.
Cit-Śakti : la conscience comme puissance, l'énergie suprême.
citta : la conscience fondamentale.

Dākinī : la Śakti tutélaire du Mūlādhāra chakra.
dakshiṇa-mārga : la voie tantrique de la main droite.
damaru : tambour en forme de sablier utilisé par les sivaïtes.
devatā : divinité, généralement masculine.
devī : divinité féminine, une déesse, Śakti.
dhāraṇa : attention, concentration.
dhyāna : méditation intense, concentration intérieure, dans laquelle la conscience, concrète au début, devient abstraite.
dīkshā : initiation par un guru.
dīpa : lampe à huile sacrée.
Durgā : étroitement associée à Kālī, et généralement identifiée à elle.

ekāgratā : concentration sur un seul point.

gāyatrī mantra : formule sacrée, l'une des plus importantes de tous les mantras.
ghantā : cloche.
ghaṭa : pot ou récipient sacré.
Gorakhnāth : grand siddhāi tan-

trika (début du XIIe s.) des Nāthas, fondateur de l'ordre des Yogis Kānphātā.

guṇa : attribut, qualité ; les trois guṇas sont les qualités substantielles de la nature – sattva, rajas et tamas – dont est composé le monde.

guru : instructeur spirituel.

Hākinī : la śakti qui régit l'ājñā chakra.

haṁsa : littéralement « cygne » ; utilisé pour indiquer le développement spirituel.

haṭha-yoga : système de yoga incorporant des disciplines physiques qui conduisent au développement psychique.

iḍā : le nāḍi, ou conduit subtil, de gauche, cheminant le long de la sushumṇā jusqu'à la narine gauche.

indriyas : les dix facultés de sensation et de perception du corps humain : cinq « agents de connaissance », *jñanendriyas* – ouïe, toucher, vue, goût et odorat ; cinq « agents d'action », *karmendriyas* – marche, manipulation, parole, procréation et évacuation.

iśta-devatā : divinité tutélaire d'un individu.

jagadguru : l'univers comme instructeur spirituel.

jāgrat : la conscience qui s'éveille.

japa : répétition constante, silencieuse ou audible, d'un mantra.

jīvan-mukta : libéré en cette vie ; spirituellement libre, mais encore manifesté sous la forme humaine.

jīvātman : le soi individuel.

jñāna : connaissance du soi, connaissance de l'absolu par la méditation.

jyoti : lumière spirituelle, Kuṇḍalinī.

kaivalya : réalisation de l'identité du soi et de la Réalité.

Kākinī : la śakti de l'anāhata chakra.

kāla : le temps, la puissance qui conditionne ou limite l'existence des éléments inchangeants de la matière.

kālāgni : le plan le plus bas (bhuvana) de l'existence.

Kālī : la Śakti Divine, représentant les aspects créateurs et destructeurs de la nature.

kalpa : éon ; un « jour » de Brahma, le créateur.

kāma : plaisir, particulièrement en amour ; désir comme puissance cosmique.

kāraṇa : cause, source ; vin, dans la chakra-pūjā, le rituel tantrique de l'union.

karma : action ; la loi universelle des causes et des effets.

kaula : secte tantrique de « la main gauche ».

khecharī-mudrā : posture yogique dans laquelle la langue est placée de façon à clore l'orifice nasal.

klīṃ : bīja mantra souvent utilisé dans les rituels tantriques.

kośa : enveloppe ; on considère que l'être humain est pourvu de cinq enveloppes, ou kośas.

Krishṇa : incarnation de Vishnu, l'Amant divin.
kṣiti : l'élément-terre.
Kulārnava-Tantra : important Tantra du XIIe siècle.
kumbhaka : rétention de la respiration durant la pratique du prāṇāyama.
Kuṇḍalinī : puissance psychique dormante, lovée comme un serpent à la base de la colonne vertébrale.

laghimā : pouvoir de se libérer de la pesanteur, au moyen de pratiques yogiques.
Lākinī : la śakti du manipūra chakra.
lakshaṇa : signe auspicieux ; attribut.
latā-sādhanā : discipline tantrique nécessitant une partenaire féminine, *latā*, littéralement une « liane » ; terme tantrique désignant une femme qui embrasse un homme comme la liane étreint l'arbre.
laya : fusion, cessation, dissolution totale.
laya-yoga : l'éveil de la Kuṇḍalinī.
līlā : le jeu divin.
liṅga : phallus ; la puissance génératrice sous son aspect créateur ; selon le Skanda Purāna le terme liṅga désigne également l'espace, au sein duquel l'univers entier est engagé dans le processus de formation et de dissolution.
liṅga-śarīra : le corps subtil, ou psychique, dans sa totalité.
loka : monde, plan d'existence.
lotus : symbole de pureté, de déploiement.

madhu : miel, vin sacré.
Mahākāla : aspect de Śiva, personnification des forces désintégratrices du cosmos.
mahāmudrā : ou « grande posture » ; āsana sexo-yogique, dans lequel l'adepte s'assied en pressant le talon gauche contre le périnée (lieu du yoni) tandis que la jambe droite est tendue vers l'extérieur, et qu'il saisit son pied droit des deux mains. Les neuf orifices du corps sont contractés, et le menton est pressé fermement contre la poitrine (jalandhara) en vue d'assurer le contrôle de la respiration.
mahāvidyā : connaissance transcendantale de la nature.
maithuna : union sexuelle.
mālā : rosaire.
māṁsa : viande, l'un des cinq M du rituel tantrique de l'union.
manas : l'esprit, les facultés mentales de coordination, raisonnement, assimilation.
maṇḍala : diagramme mystique composé de formes géométriques élémentaires (cercles, carrés, triangles), symbolisant les énergies cosmiques, utilisé comme support de méditation.
Maṇipūra chakra : « Site du joyau », centre du corps subtil correspondant à l'abdomen.
mantra : formule sacrée fondée sur le principe de la signification et de la puissance spirituelle du son ; incantation.
mārga : sentier.

māyā : la puissance créatrice, le principe limitateur, l'illusion comme véritable nature des apparences phénoménales.
Meru : la montagne mythique qui soutient le monde, merudaṇḍa ; symboliquement, la colonne vertébrale.
mithuna : appariés.
moksha : libération.
mudrā : sceau, geste des doigts, contrôle yogique de certains organes, en vue d'aider la concentration.
mukti : libération de la roue de la vie, et des liens de l'existence.
mūlādhāra chakra : « centre-racine », situé à la base de la colonne vertébrale dans le corps subtil.
Mūla-Prakṛiti : énergie-racine primordiale.

nāda : mouvement ; manifestation sonore d'une énergie vibratoire ; son intérieur primordial.
nāda-bindu : vibration primordiale ; le son-germe dont émane l'univers.
nāḍi : conduit nerveux psychique ou astral dans le corps physique.
namah : salutation.
nāma-rūpa : nom et forme.
Nārāyana : aspect de Vishnu.
nirvāna : émancipation finale.
niyama : contrôle ; discipline yogique de l'esprit et du corps.
nyāsa : projection d'entités divines en divers emplacements du corps.

ojas : énergie vitale.
Oṃ : mantra-germe composé de trois sons, aum, embrassant tous les secrets du cosmos, concentrés de fait en son sein.

padma : lotus ; appellation symbolique des chakras.
pañchabhūtas : les cinq éléments grossiers ; terre, eau, feu, air, éther ou espace.
Pañcharātra : la philosophie Vaisnava.
para : l'ultime niveau de conscience.
param : suprême.
paramāṇu : atome grossier.
Parātparā : Suprême du Suprême.
parā-vāk : le mouvement vibratoire non manifeste de l'idéation cosmique.
pashyanti : littéralement, « voir » le son émerger en direction du visible.
paśu : celui qui est lié, l'âme individuelle.
Patañjali : auteur d'un traité systématique sur le Yoga (vers – 100 + 300 de notre ère).
Prajña : sagesse, Principe premier.
Prakṛiti : contrepartie de Purusha ; énergie créatrice, la source de l'univers phénoménal considérée comme femelle primordiale, ou Nature.
pralaya : fin ou dissolution d'un cycle d'éons.
Prāṇa : force vitale, l'énergie vitale du cosmos.
praṇava : le son primordial.
prāṇāyama : contrôle yogique de la respiration.
prema : amour où a disparu la

distinction entre l'amant(e) et l'aimé(e).
prithvi : principe terrestre.
pūjā : culte rituel.
Purāṇas : « anciennes » ; écritures anciennes exposant sous forme légendaire les pouvoirs et les exploits des divinités.
Purusha : Pure Conscience, contrepartie de la Nature ou *Prakṛiti.*
Purusha-Prakṛiti : la Conscience dans sa relation avec la Nature, masculin/féminin, statique/dynamique.

rajas : le principe du mouvement, une composante de Prakṛiti.
rajas : sécrétion féminine, flux menstruel.
rājasika : qualité active de l'esprit.
Rākinī : la śakti qui régit le svādhisthāna chakra, à la base des organes génitaux.
rasa : l'essence d'un objet, la jouissance esthétique, la substance de l'expérience esthétique, le plaisir pur à la source de la sensation.
rechaka : expiration.
retas : substance physique.
rishi : voyant ou sage inspiré.
Rudra : originellement, divinité védique pourvue de nombreux aspects ; associée plus tard à Śiva par la mythologie.
rudragranthi : l'un des nœuds que doit percer la Kuṇḍalinī dans son ascension.

śabda : son, son cosmique.
śabdabrahman : le Brahman comme énergie sonore primordiale.
śabda-tanmātra : potentiel sonore infra-atomique.
sad-guru : instructeur spirituel.
sādhaka : chercheur ; celui qui s'est engagé dans la discipline spirituelle.
sādhanā : discipline spirituelle.
sādhu : saint homme.
sahaja : spontané, inné ; secte mineure influencée par le tantrisme.
sahajoli : l'un des mudrās permettant d'inverser le mouvement descendant de l'énergie séminale.
sahasrāra chakra : « Millier » ; le centre psychique au-dessus de la tête, symbolisé par un lotus à mille pétales, où la Kuṇḍalinī Śakti s'unit à Śiva.
śaiva : adepte de Śiva.
Śākinī : la śakti du viśuddha chakra, dans le corps subtil.
Śakti : aspect dynamique du principe ultime ; la puissance qui imprègne toute la création ; également la partenaire divine de Śiva.
samādhi : méditation profonde, transe, état supraconscient dans lequel l'identification est réalisée ; but ultime du yoga.
Sāṁkhya : l'un des systèmes majeurs de la philosophie indienne, fondé par le sage Kapila (vers le VIe s. av. J.-C.), qui a influencé le tantrisme.
samyāvasthā : état d'équilibre, condition indifférenciée.

saṅdhābhāsā : terminologie ésotérique du tantrisme.
saṅkalpa : détermination personnelle, résolution ou volonté d'atteindre le but désiré.
sannyāsa : l'étape finale du voyage de la vie, où tous les attachements sont coupés.
sanskāra : l'impression ou trace mémorielle, fruit de l'action karmique.
śānti : paix spirituelle.
śarīra : corps matériel, substance.
Śāstras : Livres sacrés d'autorité divine, Écritures.
Sat : Être, Existence pure.
Sat-Chit-Ānanda : Être/Conscience/Joie comme unité ; point culminant de la réalisation.
sattva : le plus haut des guṇas, principe de l'équilibre, vérité, pureté.
śavāsana : posture yogique semblable à celle du « cadavre », permettant une complète relaxation.
siddhāsana : l'une des plus importantes postures yogiques.
siddhi : acquisition de pouvoirs paranormaux, fruits des pratiques yogiques, mais non leur objet ultime.
Śiva : le troisième dieu de la Trinité hindoue, le Destructeur ; dans le tantrisme, la Pure Conscience se manifestant dans l'union créatrice avec Śakti ou Prakṛiti.
soma : breuvage sacré des temps védiques ; le jus d'un champignon sacré aux effets psychédéliques, l'amanite tue-mouches, était extrait de la plante et filtré, puis mélangé à du lait et du miel.
sphotavāda : concept du son.
sṛishṭi : création.
sthūla : grossier.
sudhā : nectar.
śukra : semence masculine.
sūkshma : subtil.
śūnya : vide.
sushumṇā : le conduit subtil, au centre de la colonne vertébrale, au travers duquel s'opère l'ascension de la Kuṇḍalinī.
svāhā : mot final de certains mantras.
svādisthāna chakra : « plaisant » ; centre subtil situé à la base des organes génitaux.

tamas : puissance d'inertie, le plus bas des trois guṇas.
tanmātras : potentiels d'énergie infra-atomique.
tantra : ensemble d'Écritures qui mettent l'accent sur les moyens pratiques de réalisation de soi, particulièrement en relation avec la puissance de Śakti.
tantrika : adepte de la discipline du tantra.
tapa : autodiscipline.
tarpaṇa : libation ; on fait couler l'eau de la paume de la main.
tattva : « ainséité » ; la réalité telle qu'elle est.
tattvajñana : connaissance des principes et des pouvoirs de la nature.
tejas : feu, chaleur, énergie.
trāṭaka : regarder l'espace compris entre les sourcils, regarder

sans ciller, en concentrant la vision sur un seul point ou objet.
trikona : triangle.

udāna : le mouvement ascendant de l'énergie vitale dans le prāṇāyama.
Upanishads : doctrines spirituelles des anciennes philosophies indiennes, composées sous leur forme actuelle au début du premier millénaire avant notre ère. Le concept fondamental des Upanishads est l'identité de l'âme individuelle et de l'Âme universelle, et les textes opèrent essentiellement une recherche de la nature de la Réalité ultime.
upāsanā : culte.

vaikharī : la quatrième étape du développement de la vibration sonore, où celle-ci se manifeste comme mot.
Vaiśeshika : l'un des six systèmes de la philosophie indienne, son fondateur, l'auteur du Vaiśeshika-sutra, nommé Kanāda, vécut entre – 250 et + 100 de notre ère.
vajroli-mudrā : l'un des mudrās au moyen desquels l'énergie sexuelle est contrôlée et réabsorbée dans le corps. Au cours de l'union, l'adepte est censé aspirer les sécrétions féminines à l'aide de son sexe, dans un processus nommé *sahajoli*. Il prend également soin de ne point éjaculer durant l'acte sexuel. Si toutefois l'émission spermatique se produit, il absorbe les fluides féminins et masculins par le processus d'*amaroli*.
Vāma-marga : sentier des tantras « de la main gauche ».
vāyu : l'air.
Vedas : écritures originelles de l'Inde, connaissance révélée des Aryens ; ils consistent en 100 000 vers, divisés en quatre parties, le *Rig-Veda* (entre 2 000 et 1 500 avant notre ère), le *Yajur-Veda*, le *Sāma-Veda*, et l'*Atharva-Veda*.
vibuthi : expression de pouvoirs surnaturels.
vira : héros ; terme désignant l'initié tantrique, et le distinguant du non-initié, *paśu*, celui qui est encore enchaîné.
Vishnu : la seconde divinité de la Trinité hindoue. Celui qui Préserve.
viśuddha chakra : « pur », le centre subtil situé au niveau de la gorge.
viśvarūpa : la forme universelle de l'absolu.
vyāna : l'un des cinq courants vitaux (Vāyu) distribués dans le corps.

yantra : forme symbolique, aide à la concentration, représentation géométrique d'une divinité.
yoga : union ; système philosophique ; chemin de l'union du soi individuel et du Soi universel ; enseignement du chemin de la réalisation.
yogi : celui qui recherche l'identification avec la Réalité.
yogin : étudiant du yoga ; au féminin *yogini*.
yoni : la racine primordiale des phénomènes, la source originelle

de l'objectivation ; un triangle renversé représente le yoni, l'organe sexuel féminin, symbole des mystères cosmiques.

yoni-mudrā : « posture du vagin », āsana sexo-yogique. Assis en siddhāsana, l'adepte contracte le périnée (lieu du yoni) entre le sexe et l'anus.

yonisthāna, « lieu du yoni », périnée, correspondant à la position du vagin chez les femmes.

yuga : éon ; les quatre yugas sont le Satya ou Kṛita-yuga, le Tretā-yuga, le Dvāpara-yuga, et le Kālī-yuga, l'âge présent de l'humanité.

Bibliographie

EN FRANÇAIS

Quelques livres

Aurobindo, Sri, *La Synthèse des Yoga*, Paris, Buchet-Chastel, 1972-1974.

Blofeld, John, *Le Bouddhisme tantrique du Tibet*, Paris, Éditions du Seuil, coll. « Points Sagesses », 1976.

Daniélou, Alain, *Le Polythéisme hindou*, Paris, Buchet-Chastel, 1960.

–, *Yoga, méthode de réintégration*, Paris, L'Arche, 1973.

De Smedt, Evelyn, « Vie sexuelle et vie cosmique », in *Techniques du bien-être*, Paris, Laffont, 1975.

Eliade, Mircea, *Le Yoga, immortalité et liberté*, Paris, Payot, 1972.

Evans-Wentz, W. Y. (éd.), *Le Yoga tibétain et les Doctrines secrètes*, Paris, Maisonneuve, 1972.

Evola, Julius, *Le Yoga tantrique*, Paris, Fayard, coll. « Documents spirituels », 1971.

Furst, Peter, *et al.*, *La Chair des dieux, l'usage rituel des psychédéliques*, Paris, Éditions du Seuil, coll. « Science ouverte », 1974.

Govinda, Anagarika (lama), *Les Fondements de la mystique tibétaine*, Paris, Albin Michel, coll. « Spiritualités vivantes », 1959 et 1976.

Jung, Carl Gustav, *L'Homme et ses symboles*, Paris, Pont-Royal, 1964.

Mookerjee, Ajit, *Tantra Art*, Paris-Bâle-New Delhi, 1967.
–, *Tantra Asana*, Paris-Bâle-New Delhi, 1971.
Odier, Daniel, *Sculptures tantriques du Népal*, Monaco, Éditions du Rocher, 1970.
–, *Nirvana/Tao*, Paris, Laffont, coll. « Aux origines du sacré », 1974.
–, *Tantra. L'initiation d'un Occidental à l'amour absolu*, Paris, Jean-Claude Lattès, 1996.
–, *Tantra Yoga. Le tantra de la « connaissance suprême »*, Paris, Albin Michel, 1998.
Padoux, André, *L'Énergie de la parole*, Paris, Fata Morgana, 1994.
Rawson, Philip, *L'Art du tantrisme*, Paris, Arts et Métiers graphiques, 1973.
–, *Tantra, le culte indien de l'extase*, Paris, Éditions du Seuil, coll. « Art et Imagination », 1973.
Silburn, Lilianne, *Le Vijnana Bhairava*, texte traduit du sanscrit et commenté, Paris, De Boccard, 1999.
Trungpa, Chögyam, *Pratique de la voie tibétaine*, Paris, Éditions du Seuil, coll. « Points Sagesses », 1976.
–, *La Voie de la méditation*, Paris, Éditions du Seuil, coll. « Points Sagesses », 1977.
–, *Tantra. La voie de l'ultime*, traduit de l'anglais par Vincent Bardet, Paris, Éditions du Seuil, coll. « Points Sagesses », 1997.
Tucci, Giuseppe, *Théorie et Pratique du mandala*, Paris, Fayard, coll. « Documents spirituels », 1974.
Van Lysebeth, André, *Prānayāma, la dynamique du souffle*, Paris, Flammarion, 1971.
Woodroffe, John (Sir) – pseudonyme : Arthur Avalon –, *La Puissance du serpent*, Lyon, P. Derain, 1959.
Yonten Gyatso, *Tantra de l'union secrète*, traduit du tibétain par Georges Driessens, Paris, Éditions du Seuil, coll. « Points Sagesses », 1997.

Quelques articles

Deshimaru, Taisen, « Zen et Puissance cosmique (Śakti) », *Kusen*, août 1977.
Jenny, Hans, « La Sculpture de la vibration », *Courrier de l'Unesco*, décembre 1969.
Mainmise, « Comment jouir de son corps », *Parapluie* n° 11, décembre 1972.
Mookerjee, Ajit, « Tantra Art », *Graphis*, 1966.
Odier, Daniel, « Le Réveil de la Kuṇḍalinī », *Planète* n° 3 (nouvelle formule).

EN ANGLAIS

Livres

Abhinavagupta, *Tantrāsana*, ed. with notes by M. R. Sastri, Bombay, 1918.
Abstract Art since 1945, collectif, préface de Jean Leymarie, Londres, 1971.
Agehananda, Swami Bharati, *The Tantric Tradition*, Londres, 1965, et Ontario, 1966.
Akhilananda, Swami, *Hindu Psychology, its meaning for the West*, Londres et New York, 1948.
Aurobindo, Śri, *On Tantra*, textes réunis par M. P. Pandit, Pondichéry, 1967.
Avalon, Arthur (voir Woodroffe, Sir John).
Bach, George R., and Goldberg, H., *Creative Aggression*, New York, 1974, et Londres, 1976.
Bagchi, Probodh Chandra, *Studies in the Tantras*, Part I, Calcutta, 1939.
Banerjea, J. N., *Pauranic and Tantric Religion*, Calcutta, 1966.
Barnett, Lincoln, *The Universe and Dr Einstein*, Londres et New York, 1948.

Basu, Manoranjan, *Fundamentals on the Philosophy of Tantra*, Calcutta, Mira Basu, 1986.
Bhattacharya, B., *The Indian Buddhist Iconography*, Calcutta, 1958.
Bhattacharya, Deben, ed., *The Mirror of the Sky : songs of the Bāuls from Bengal*, Londres, 1969.
–, *Chaṇḍidāsa – Love Songs of Chaṇḍdidās*, Londres, 1967.
Bhattacharya, Sukhamay, *Tantra-Parichay*, Santiniketan, B. S., 1359 (Bengali).
Boner, Alice, *Principles of Composition in Hindu Sculpture*, Leiden, 1962.
Bose, D. N. and Haldar, Hiralal, *Tantras : Their Philosophy and Occult Secrets*, Calcutta, 1956.
Bose, Sir J. C., *Avyakta*, Calcutta, B. S., 1358 (Bengali).
Brown, W. Norman, ed., *The Saundarya-Lahari*, Cambridge, Mass., 1958.
Chakravarty, Chintaharan, *Tantras : Studies on their Religion and Literature*, Calcutta, 1963.
Chatterji, Jagadish Chandra, *Kashmir Shaivaism*, Srinagar, 1962.
Coomaraswamy, Ananada K., *Christian and Oriental Philosophy of Art*, New York, 1956.
–, *The Transformation of Nature in Art*, Cambridge, Mass., 1934, New York, 1956.
Dasgupta, Shashibhusan, *An Introduction to Tantric Buddhism*, Calcutta, 1950.
–, *Obscure Religious Cults as background of Bengali Literature*, Calcutta, 1946, 1962 (rev. ed.).
Dasgupta, Surendra Nath, *History of Indian Philosophy*, 5 vol., Londres, 1932-1955.
Datta, Bibhutibhusan, *History of Hindu Mathematics*, Bombay, 1962.
De Ropp, Robert S., *Sex Energy*, Londres, 1970.
Einstein, Albert, *Essays in Science*, New York, 1934.
Garrison, Omar V., *Tantra : The Yoga of Sex*, New York, 1964.
Goswami, Hemchandra, ed., *Kāmaratna Tantra*, Shillong, 1928.
Guenther, Herbert V., *Yugānadha, The Tantric View of Life*, Bénarès, 1952.
Gupta, Sanjukta, tr., *Lakṣmī Tantra*, Leiden, 1972.

Jacobs, Hans, *Western Psycho-Therapy and Hindu Sādhanā*, Londres et New York, 1961.
Jaini, J. L., *Jaina Universe*, Lucknow, 1948.
Jeans, Sir James, *Physics and Philosophy*, Michigan, 1958.
Jung, C. G., *Archetypes and the Collective Unconscious*, vol. IX, 1re partie, Londres et New York, 1959.
–, *Mandala Symbolism* (tr. by R. F. C. Hull), Princeton, 1972.
Kane, P. V., *History of Dharmaśāstra (ancient and medieval religions and civil law)*, vol. V, 2e partie, Poona, 1962.
Kaviraj, Gopi Nath, *Tantra O Agam Shāstrer Digdarshan*, Calcutta, 1963 (Bengali).
–, *Tantric Bāṇgmoy me Śākta Dṛishti*, Patna, 1963 (Hindi).
Kaye, G. R., *Astronomy (Memoirs of the Archaeological Survey of India)*, No. 18, Calcutta, 1924.
Kinsley, David R., *The Sword and the Flute : Kālī and Kṛṣṇa*, California, 1975.
Koestler, Arthur, *The Roots of Coincidence*, Londres et New York, 1972.
Krishna, Gopi, *The Biological Basis of Religion and Genius*, Londres, 1971 et New York, 1972.
–, *The Secret of Yoga*, Londres et New York, 1972.
Leadbeater, C. W., *The Chakras*, Madras, 1966 et Londres, 1972.
Mallik, Kalyani, *Nāthasampradāyer itihāsa, darśana o sādhanā pranāli* (History, philosophy and esoteric doctrine of Nāth Yogis), Calcutta, 1950 (Bengali).
–, *Siddha-Siddhānta-paddhati and other works of Nāth Yogis*, Poona, 1954.
Metzner, Ralph, *Maps of Consciousness : I Ching, Tantra, Tarot, Alchemy, Astrology, Actualism*, New York, 1971.
Mookerjee, Ajit, *Yoga Art*, Londres, 1975.
Naranjo, Claudio and Ornstein, Robert E., *On the Psychology of Meditation*, New York, 1971 et Londres, 1972.
Narayanananda, Swami, *The Kuṇḍalinī Shakti*, Rishikesh, 1950.
Nikhilananda, Swami, *Ramakrishna : Prophet of New India*, New York, 1948 et Londres, 1951.
–, *Vivekananda, The Yoga and Other Works* (compiled), New York, 1953.

Orstein, Robert E., *The Psychology of Consciousness*, Londres, 1975.

Panday, K. C., *Abhivavagupta*, Bénarès, 1963.

Parker, Derek and Julia, *The Complete Astrologer*, Londres et New York, 1971.

Patanjali, *Yoga-Sutra* (tr. from Sanskrit by Bengali Baba), Poona, 1949.

Pott, P. H., *Yoga and Yantra*, The Hague, 1966.

Prabhavananda, Swami, *The Spiritual Heritage of India*, Londres, 1962 et New York, 1963.

Radhakrishnan, S., ed., *History of Philosophy: Eastern and Western*, New York, 1957 et Londres, 1967.

Ramakrishna Mission Institute of Culture, *Cultural Heritage of India*, vol. III, Calcutta, 1958.

Ray, P., ed., *History of Chemistry in Ancient and Medieval India*, Calcutta, 1956.

Rendel, Peter, *Introduction to Chakras*, Northamptonshire, 1974.

Reyna, Ruth, *The Philosophy of Matter in the Atomic Era*, Bombay, 1962.

Rieker, Hans-Ulrich, *The Yoga of Light, Hatha Yoga Pradipika*, Londres et New York, 1972.

–, *The Secret of Meditation*, Londres, 1974.

Rola, S. K. de, *Alchemy*, Londres, 1973.

Saraswati, Swami Janakananda, *Yoga, Tantra och Meditation*, Stockholm, 1975.

Saraswati, Swami Pratyagatmananda, *Japasūtram*, Madras, 1971.

Sastri, S. Subrahmanya and Ayyangar, T. R., tr., *Saundarya-Lahari*, Madras, 1972.

Saunders, E. Dale, *Mudrā*, New York, 1960.

Schindler, Maria, *Goethe's Theory of Colour*, Sussex, 1964.

Schrader, F. Otto, *Introduction to Pañcarātras and Ahirbudhnya Saṁhitā*, Madras, 1916.

Seal, Sir Brajendranath, *The Positive Science of the Ancient Hindus*, Delhi, 1958.

Shankaranarayanam, S., *Glory of the Divine Mother (Devīmāhātmyam)*, Pondichéry, 1968.

Sharma, Sri Ram, *Tantra-Mahāvijñāna*, Vol. I-II, Bareilly, 1970 (Hindi).
Singhal, D. P., *India and World Civilization*, Vol. I-II, Calcutta et Londres, 1972.
Snellgrove, D. L., *The Hevajra Tantra*, Londres, 1939.
Solomon, David, ed., *LSD : The Consciousness-Expanding Drug*, Berkeley, 1964.
Spiller, Jurg, ed., *Paul Klee : the thinking eye*, Londres et New York, 1961.
Suryanarayanamurthy, C., *Sri Lalita Sahasranāmam*, Madras, 1962.
Walker, Benjamin, *Hindu World*, Vol. I-II, Londres et New York, 1968.
Wasson, R. Gordon, *Soma, Divine Mushroom of Immortality*, Ethno-Mycological Studies, n° 1, New York, Harcourt, Brace et World, 1968.
White, John de, *Frontiers of Consciousness*, New York, 1974.
Whitmont, Edward C., *The Symbolic Quest : basic concepts of analytical psychology*, New York, 1969.
Woodroffe, Sir John (Avalon, Arthur, pseudonyme), *The Garland of Letters ; Varnamālā, studies in the mantra-śastra*, Madras, 1952.
–, *Kāma-Kalā-Vilāsa*, Madras, 1953.
–, *Principles of Tantra*, vol. I-II, Madras, 1953.
–, *Tantrarāja Tantra*, Madras, 1954.
–, *Kulārṇava Tantra*, Madras, 1965.
–, *Hymns to the Goddess*, Madras, 1965.
–, *Mahānirvāna Tantra* (Tantra of the Great Liberation), New York, 1972.
Zimmer, Heinrich, *Myths and Symbols in Indian Art and Civilization* (ed. by Joseph Cambell), Washington, 1946.
Zvelebil, Kamil V., *The Poets of the Powers*, Londres, 1973.

Articles

Chandra, Parmod, « The Kaula Kapalika Cult at Khajuraho », in *Lalit Kala*, nos 1-2, avril 1955-mai 1956.
Dasgupta, Shashibhusan, « The Role of Mantra in Indian

Religion », in *Bulletin of the Ramakrishna Mission Institute of Culture*, vol. VII, n° 3, mars 1956.

Hariharanand, Swami Sarasvati, « The Inner Significance of Linga worship », in *Journal of the Indian Society of Oriental Art*, vol. IX, 1941.

Mookerjee, Ajit, « Tantric Art », in *Times of India Annual*, 1965.

–, « Tantra Art in Search of Life Divine », in *Indian Aesthetics and Art Activity*, 1966.

–, « Tantra Art », in *Lalit Kala*, 1971.

Mukharji, P. B., « The Metaphysics of Form », in *Bulletin of the Ramakrishna Mission Institute of Culture*, vol. VII, n° 8, 1956.

–, « The Metaphysics of Sound », *ibid.*, vol. VII, n° 9, 1956.

–, « The Metaphysics of Light », *ibid.*, vol. XII, n° 11, 1961.

Mukherji, K. C., « Sex in Tantras », in *The Journal of Abnormal and Social Psychology*, 1926.

Sircar, D. C., « The Śakta Pithas », in *The Journal of the Royal Asiatic Society of Bengal*, vol. XIV, n° 1, 1948.

RÉALISATION : IGS-CHARENTE PHOTOGRAVURE
IMPRESSION : NORMANDIE ROTO IMPRESSION S.A.S. À LONRAI
DÉPÔT LÉGAL : AVRIL 2004. N° 59687 (04-0462)
IMPRIMÉ EN FRANCE

Collection Points

SÉRIE SAGESSES

dirigée par Vincent Bardet et Jean-Louis Schlegel

Sa1. Paroles des anciens. Apophtegmes des Pères du désert *par Jean-Claude Guy*
Sa2. Pratique de la voie tibétaine, *par Chögyam Trungpa*
Sa3. Célébration hassidique, *par Elie Wiesel*
Sa4. La Foi d'un incroyant, *par Francis Jeanson*
Sa5. Le Bouddhisme tantrique du Tibet, *par John Blofeld*
Sa6. Le Mémorial des saints, *par Farid-ud-D'in' Attar*
Sa7. Comprendre l'Islam, *par Frithjof Schuon*
Sa8. Esprit zen, esprit neuf, *par Shunryu Suzuki*
Sa9. La Bhagavad Gîtâ, *traduction et commentaires par Anne-Marie Esnoul et Olivier Lacombe*
Sa10. Qu'est-ce que le soufisme ?, *par Martin Lings*
Sa11. La Philosophie éternelle, *par Aldous Huxley*
Sa12. Le Nuage d'inconnaissance *traduit de l'anglais par Armel Guerne*
Sa13. L'Enseignement du Bouddha, *par Walpola Rahula*
Sa14. Récits d'un pèlerin russe, *traduit par Jean Laloy*
Sa15. Le Nouveau Testament *traduit par Émile Osty et Joseph Trinquet*
Sa16. La Voie et sa vertu. Tao-tê-king, *par Lao-tzeu*
Sa17. L'Imitation de Jésus-Christ, *traduit par Lamennais*
Sa18. Le Mythe de la liberté, *par Chögyam Trungpa*
Sa19. Le Pèlerin russe, trois récits inédits
Sa20. Petite Philocalie de la prière du cœur *traduit et présenté par Jean Gouillard*
Sa21. Le Zohar, *extraits choisis et présentés par Gershom G. Scholem*
Sa22. Les Pères apostoliques *traduction et introduction par France Quéré*
Sa23. Vie et Enseignement de Tierno Bokar *par Amadou Hampaté Bâ*
Sa24. Entretiens de Confucius, *traduction par Anne Cheng*
Sa25. Sept Upanishads, *par Jean Varenne*
Sa26. Méditation et Action, *par Chögyam Trungpa*
Sa27. Œuvres de saint François d'Assise
Sa28. Règles des moines, *introduction et présentation par Jean-Pie Lapierre*
Sa29. Exercices spirituels par saint Ignace de Loyola *traduction et commentaires par Jean-Claude Guy*

Sa30. La Quête du Graal, *présenté et établi par Albert Béguin et Yves Bonnefoy*
Sa31. Confessions de saint Augustin *traduction par Louis de Mondadon*
Sa32. Les Prédestinés, *par Georges Bernanos*
Sa33. Les Hommes ivres de Dieu, *par Jacques Lacarrière*
Sa34. Évangiles apocryphes, *par France Quéré*
Sa35. La Nuit obscure, *par saint Jean de la Croix traduction du P. Grégoire de Saint-Joseph*
Sa36. Découverte de l'Islam, *par Roger Du Pasquier*
Sa37. Shambhala, *par Chögyam Trungpa*
Sa38. Un saint soufi du XXe siècle, *par Martin Lings*
Sa39. Le Livre des visions et instructions *par Angèle de Foligno*
Sa40. Paroles du Bouddha, *traduit du chinois par Jean Eracle*
Sa41. Né au Tibet, *par Chögyam Trungpa*
Sa42. Célébration biblique, *par Elie Wiesel*
Sa43. Les Mythes platoniciens, *par Geneviève Droz*
Sa44. Dîwân, *par Husayn Mansûr Hallâj*
Sa45. Questions zen, *par Philip Kapleau*
Sa46. La Voie du samouraï, *par Thomas Cleary*
Sa47. Le Prophète *et* Le Jardin du Prophète *par Khalil Gibran*
Sa48. Voyage sans fin, *par Chögyam Trungpa*
Sa49. De la mélancolie, *par Romano Guardini*
Sa50. Essai sur l'expérience de la mort *par Paul-Louis Landsberg*
Sa51. La Voie du karaté, *par Kenji Tokitsu*
Sa52. Le Livre brûlé, *par Marc-Alain Ouaknin*
Sa53. Shiva, *traduction et commentaires d'Alain Porte*
Sa54. Retour au silence, *par Dainin Katagiri*
Sa55. La Voie du Bouddha, *par Kyabdjé Kalou Rinpoché*
Sa56. Vivre en héros pour l'éveil, *par Shantideva*
Sa57. Hymne de l'univers, *par Pierre Teilhard de Chardin*
Sa58. Le Milieu divin, *par Pierre Teilhard de Chardin*
Sa59. Les Héros mythiques et l'Homme de toujours *par Fernand Comte*
Sa60. Les Entretiens de Houang-po *présentation et traduction de Patrick Carré*
Sa61. Folle Sagesse, *par Chögyam Trungpa*
Sa62. Mythes égyptiens, *par George Hart*
Sa63. Mythes nordiques, *par R. I. Page*
Sa64. Nul n'est une île, *par Thomas Merton*
Sa65. Écrits mystiques des Béguines, *par Hadewijch d'Anvers*
Sa66. La Liberté naturelle de l'esprit, *par Longchenpa*
Sa67. La Sage aux champignons sacrés, *par Maria Sabina*

Sa68. La Mystique rhénane, *par Alain de Libera*
Sa69. Mythes de la Mésopotamie, *par Henrietta McCall*
Sa70. Proverbes de la sagesse juive, *par Victor Malka*
Sa71. Mythes grecs, *par Lucilla Burn*
Sa72. Écrits spirituels d'Abd el-Kader
présentés et traduits de l'arabe par Michel Chodkiewicz
Sa73. Les Fioretti de saint François
introduction et notes d'Alexandre Masseron
Sa74. Mandala, *par Chögyam Trungpa*
Sa75. La Cité de Dieu
1. Livres I à X, *par saint Augustin*
Sa76. La Cité de Dieu
2. Livres XI à XVII, *par saint Augustin*
Sa77. La Cité de Dieu
3. Livres XVIII à XXII, *par saint Augustin*
Sa78. Entretiens avec un ermite de la sainte Montagne
sur la prière du cœur, *par Hiérothée Vlachos*
Sa79. Mythes perses, *par Vesta Sarkhosh Curtis*
Sa80. Sur le vrai bouddhisme de la Terre Pure, *par Shinran*
Sa81. Le Tabernacle des Lumières, *par Ghazâlî*
Sa82. Le Miroir du cœur. Tantra du Dzogchen
traduit du tibétain et commenté par Philippe Cornu
Sa83. Yoga, *par Tara Michaël*
Sa84. La Pensée hindoue, *par Émile Gathier*
Sa85. Bardo. Au-delà de la folie, *par Chögyam Trungpa*
Sa86. Mythes aztèques et mayas, *par Karl Taube*
Sa87. Partition rouge, *par Florence Delay et Jacques Roubaud*
Sa88. Traité du Milieu, *par Nagarjuna*
Sa89. Construction d'un château, *par Robert Misrahi*
Sa90. Mythes romains, *par Jane F. Gardner*
Sa91. Le Cantique spirituel, *par saint Jean de la Croix*
Sa92. La Vive Flamme d'amour, *par saint Jean de la Croix*
Sa93. Philosopher par le Feu, *par Françoise Bonardel*
Sa94. Le Nouvel Homme, *par Thomas Merton*
Sa95. Vivre en bonne entente avec Dieu, *par Baal-Shem-Tov*
paroles recueillies par Martin Buber
Sa96. Être plus, *par Pierre Teilhard de Chardin*
Sa97. Hymnes de la religion d'Aton
traduits de l'égyptien et présentés par Pierre Grandet
Sa98. Mythes celtiques, *par Miranda Jane Green*
Sa99. Le Soûtra de l'estrade du Sixième Patriarche Houei-neng
par Fa-hai
Sa100. Vie écrite par elle-même, *par Thérèse d'Avila*
Sa101. Seul à seul avec Dieu, *par Janusz Korczak*
Sa102. L'Abeille turquoise, *par Tsangyang Gyatso*
chants d'amour présentés et traduits par Zéno Bianu

Sa103. La Perfection de sagesse
traduit du tibétain par Georges Driessens
sous la direction de Yonten Gyatso
Sa104. Le Sentier de rectitude, *par Moïse Hayyim Luzzatto*
Sa105. Tantra. La voie de l'ultime, *par Chögyam Trungpa*
Sa106. Les Symboles chrétiens primitifs, *par Jean Daniélou*
Sa107. Le Trésor du cœur des êtres éveillés, *par Dilgo Khyentsé*
Sa108. La Flamme de l'attention, *par Krishnamurti*
Sa109. Proverbes chinois, *par Roger Darrobers*
Sa110. Les Récits hassidiques, tome 1, *par Martin Buber*
Sa111. Les Traités, *par Maître Eckhart*
Sa112. Krishnamurti, *par Zéno Bianu*
Sa113. Les Récits hassidiques, tome 2, *par Martin Buber*
Sa114. Ibn Arabî et le Voyage sans retour, *par Claude Addas*
Sa115. Abraham ou l'Invention de la foi, *par Guy Lafon*
Sa116. Padmasambhava, *par Philippe Cornu*
Sa117. Socrate, *par Micheline Sauvage*
Sa118. Jeu d'illusion, *par Chögyam Trungpa*
Sa119. La Pratique de l'éveil de Tipola à Trungpa
par Fabrice Midal
Sa120. Cent Éléphants sur un brin d'herbe, *par le Dalaï-Lama*
Sa121. Tantra de l'union secrète, *par Yonten Gyatso*
Sa122. Le Chant du Messie, *par Michel Bouttier*
Sa123. Sermons et Oraisons funèbres, *par Bossuet*
Sa124. Qu'est-ce que le hassidisme ?, *par Haïm Nisenbaum*
Sa125. Dernier Journal, *par Krishnamurti*
Sa126. L'Art de vivre. Méditation Vipassana
enseignée par S. N. Goenka, *par William Hart*
Sa127. Le Château de l'âme, *par Thérèse d'Avila*
Sa128. Sur le Bonheur / Sur l'Amour
par Pierre Teilhard de Chardin
Sa129. L'Entraînement de l'esprit
et l'Apprentissage de la bienveillance
par Chögyam Trungpa
Sa130. Petite Histoire du Tchan, *par Nguên Huu Khoa*
Sa131. Le Livre de la piété filiale, *par Confucius*
Sa132. Le Coran, *traduit par Jean Grosjean*
Sa133. L'Ennuagement du cœur, *par Rûzbehân*
Sa134. Les Plus Belles Légendes juives, *par Victor Malka*
Sa135. La Fin'amor, *par Jean-Claude Marol*
Sa136. L'Expérience de l'éveil, *par Nan Huai-Chin*
Sa137. La Légende dorée, *par Jacques de Voragine*
Sa138. Paroles d'un soufi, *par Kharaqânî*
Sa139. Jérémie, *par André Neher*
Sa140. Comment je crois, *par Pierre Teilhard de Chardin*
Sa141. Han-Fei-tse ou le Tao du prince, *par Han Fei*

Sa142. Connaître, soigner, aimer, *par Hippocrate*
Sa143. La parole est un monde, *par Anne Stamm*
Sa144. El Dorado, *par Zéno Bianu et Luis Mizón*
Sa145. Les Alchimistes
par Michel Caron et Serge Hutin
Sa146. Le Livre de la Cour Jaune, *par Patrick Carré*
Sa147. Du bonheur de vivre et de mourir en paix
par Sa Sainteté le Dalaï-Lama
Sa148. Science et Christ, *par Pierre Teilhard de Chardin*
Sa149. L'Enseignement de Sri Aurobindo
par Madhav P. Pandit
Sa150. Le Traité de Bodhidharma
anonyme, traduit et commenté par Bernard Faure
Sa151. Les Prodiges de l'esprit naturel,
par Tenzin Wangyal
Sa152. Mythes et Dieux tibétains, *par Fabrice Midal*
Sa153. Maître Eckhart et la mystique rhénane
par Jeanne Ancelet-Hustache
Sa154. Le Yoga de la sagesse
par Sa Sainteté le Dalaï Lama
Sa155. Conseils au roi, *par Nagarjuna*
Sa156. Gandhi et la non-violence, *par Suzanne Lassier*
Sa157. Chants mystiques du tantrisme cachemirien, *par Lalla*
Sa158. Saint François d'Assise et l'esprit franciscain
par Ivan Gobry
Sa159. La Vie, *par Milarepa*
Sa160. L'Avenir de l'Homme
par Pierre Teilhard de Chardin
Sa161. La Méditation en Orient et en Occident
par Hans Waldenfels
Sa162. Les Entretiens du Bouddha, *par Mohan Wijayaratna*
Sa163. Saint Benoît et la vie monastique, *par Claude Jean-Nesmy*
Sa164. L'Esprit du Tibet, *par Dilgo Khyentsé*
Matthieu Ricard
Sa165. Dieu et Moi, *par Aldous Huxley*
Sa166. Les Dernières Paroles de Krishna, *anonyme*
Sa167. Yi-King, par Thomas Cleary, *Lieou Yi-Ming*
Sa168. St Grégoire Palamas et la Mystique orthodoxe
par Jean Meyendorff
Sa169. Paraboles celtiques, *par Robert Van de Weyer*
Sa170. Le Livre des dialogues, *par Catherine de Sienne*
Sa171. Cendres sur le Bouddha, *par Seung Sahn*
Sa172. Conseils spirituels aux bouddhistes et aux chrétiens
par Sa Sainteté le Dalaï-Lama
Sa173. Charles de Foucault et la Fraternité
par Denise et Robert Barrat

Sa174. Préceptes de vie issus de la sagesse amérindienne
par Jean-Paul Bourre
Sa175. Préceptes de vie issus du guerrier de lumière
par Jean-Paul Bourre
Sa176. L'Énergie humaine*, par Pierre Teilhard de Chardin*
Sa177. Dhammapada, *traduit par Le Dong*
Sa178. Le Livre de la chance, *par Nagarjuna*
Sa179. Saint Augustin et l'Augustinisme
par Henri-Irénée Marrou
Sa180. Odes mystiques, *par Mawlâna Djalâl Od-Dîn Rûmi*
Sa181. Préceptes de vie issus de la sagesse juive
par Pierre Itshak Lurçat (éd.)
Sa182. Préceptes de vie issus du Dalaï Lama
par Bernard Baudouin
Sa 183. Dharma et Créativité, *par Chögyam Trungpa*
Sa 184. Les Sermons I, *par Maître Eckhart*
Sa 187. Confucius et l'Humanisme chinois, *par Pierre Do-Dinh*
Sa 188. Machik Ladbdron, Femmes et Dakini du Tibet
par Jérôme Edou
Sa 189. La Vraie Loi, trésor de l'œil, *par Maître Dogen*
Sa 190. Les Voies spirituelles du bonheur, *par Dalaï Lama*
Sa 191. Moïse et la Vocation juive, *par André Neher*

Collection Points

SÉRIE ESSAIS

DERNIERS TITRES PARUS

480. L'Ange et le Cachalot, *par Simon Leys*
481. L'Aventure des manuscrits de la mer Morte
par Hershel Shanks (dir.)
482. Cultures et Mondialisation, *par Philippe d'Iribarne (dir.)*
483. La Domination masculine, *par Pierre Bourdieu*
484. Les Catégories, *par Aristote*
485. Pierre Bourdieu et la théorie du monde social, *par Louis Pinto*
486. Poésie et Renaissance, *par François Rigolot*
487. L'Existence de Dieu, *par Emanuela Scribano*
488. Histoire de la pensée chinoise, *par Anne Cheng*
489. Contre les professeurs, *par Sextus Empiricus*
490. La Construction sociale du corps, *par Christine Detrez*
491. Aristote, le philosophe et les savoirs
par Michel Crubellier et Pierre Pellegrin
492. Écrits sur le théâtre, *par Roland Barthes*
493. La Propension des choses, *par François Jullien*
494. La Mémoire, l'Histoire, l'Oubli, *par Paul Ricœur*
495. Un anthropologue sur Mars, *par Oliver Sacks*
496. Avec Shakespeare, *par Daniel Sibony*
497. Pouvoirs politiques en France, *par Olivier Duhamel*
498. Les Purifications, *par Empédocle*
499. Panorama des thérapies familiales
collectif sous la direction de Mony Elkaïm
500. Juger, *par Hannah Arendt*
501. La Vie commune, *par Tzvetan Todorov*
502. La Peur du vide, *par Olivier Mongin*
503. La Mobilisation infinie, *par Peter Sloterdijk*
504. La Faiblesse de croire, *par Michel de Certeau*
505. Le Rêve, la Transe et la Folie, *par Roger Bastide*
506. Penser la Bible, *par Paul Ricoeur et André LaCocque*
507. Méditations pascaliennes, *par Pierre Bourdieu*
508. La Méthode t. V, *par Edgar Morin*
509. Élégie érotique romaine, *par Paul Veyne*
510. Sur l'interaction, *par Paul Watzlawick*
511. Fiction et Diction, *par Gérard Genette*
512. La Fabrique de la langue, *par Lise Gauvin*
513. Il était une fois l'ethnographie, *par Germaine Tillion*
514. Éloge de l'individu, *par Tzvetan Todorov*
515. Violences politiques, *par Philippe Braud*